Ingrid Uebe

Kasperl und Katinka

Mit Illustrationen

von Anette Bley

Thienemann

Vorhang auf!

Vorhang auf! Die Geschichte fängt an. Sie handelt vom mutigen Kasperl und von Katinka, die sich nicht traut. Die zwei sind die Hauptpersonen. Aber es spielen noch mehr Leute mit.

Na, wer denn?

Kasperls Großmutter natürlich. Die ist sehr nett. Das wissen wir ja. Dann Katinkas Oma. Die ist nicht so nett. Das werden wir schon noch merken.

Kasperls Freund Seppel spielt mit und Katinkas Freund Philipp.

Der König spielt mit und Katinkas Papa.

Keine Prinzessin?

Doch, die Prinzessin spielt auch mit. Allerdings nur, wenn sie Lust hat und wenn sie nicht krank ist.

Sind das jetzt alle?

Natürlich nicht! Es fehlt noch der Polizist. Dann das Krokodil und der Räuber. Ach ja, und auch noch der Teufel. Der tritt zum Glück nicht so oft in Erscheinung. Meist geht es ohne ihn. Aber gelegentlich kann man ihn brauchen.

Also gut. Nun wissen wir, wer alles mitspielt. Fängt die Geschichte jetzt endlich an?

Ja, jetzt fängt sie an!

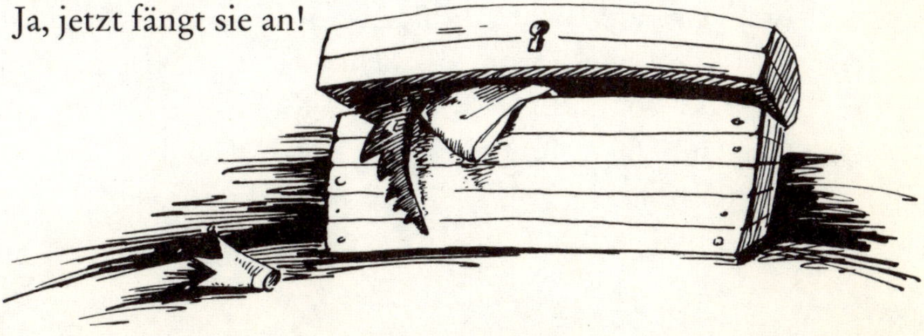

Das Lied aus der Puppenkiste

Kasperl singt. Man sieht ihn noch nicht, aber man hört ihn. »Tri-tra-trullalla, tri-tra-trullalla ...« Natürlich, das ist Kasperls Lied!

Kasperl liegt in der Puppenkiste hinter seinem Theater und singt. Fürs erste singt er ziemlich leise. Er weiß nicht genau, ob es Katinka überhaupt recht ist. Katinka sitzt nämlich über ihren Hausaufgaben und stöhnt. Sie hat schon in ihr Lesebuch gestöhnt. Jetzt stöhnt sie in ihr Rechenheft. Sie hat einen dicken Tintenklecks reingemacht. Aber die Aufgabe kriegt sie trotzdem nicht raus.

»Tri-tra-trullalla«, singt Kasperl ein bißchen lauter.

Katinka hebt nicht mal den Kopf. »Sei still!« murmelt sie in ihr Heft. »Wenn du singst, kann ich schon gar nicht rechnen.«

Kasperl verstummt.

»Schade!« meint Seppel, der neben ihm liegt. »So ein schönes Lied! Und nun ist es zu Ende, ehe es richtig angefangen hat.«

»Katinka will es nicht hören«, sagt Kasperl betrübt.

»Wenn Katinka das Lied nicht hören will«, wispert die Prinzessin, »singst du es eben für mich, Kasperl.«

»Ja, Kasperl, sing es für meine Tochter!« brummelt der König. »Meine Tochter fühlt sich mal wieder nicht gut.«

»Die dumme Person soll sich nicht so anstellen«, ruft Kasperls Großmutter. »Nicht soviel Schokolade essen und lieber eine Tasse Kamillentee trinken! Dann geht es ihr gleich besser.«

»Das glaube ich nicht«, widerspricht der Räuber. »Von Kamillentee kriege ich immer gräßliches Bauchweh.«

Das Krokodil klappt sein Maul auf und zu. Und noch einmal auf. »Grrrrrh!« knurrt es dabei. »Seht ihr meine Zähne? Es sind mindestens hundert, und alle sind unheimlich scharf.«

»Halt den Mund!« schnauzt der Polizist. »Hier halten alle den Mund, wenn ich es sage. Leute mit so vielen Zähnen erst recht!«

Der Teufel kichert. Dann reckt er sein rotes Gesicht mit den schwarzen Hörnern über den Rand der Puppenkiste und flüstert: »Katinka!«

»Laß mich in Ruhe!« murmelt Katinka.

»Mach dein Heft zu und spiel mit uns!« flüstert der Teufel.

Seppel gibt Kasperl einen Rippenstoß. »Ich kann den Kerl ja nicht leiden, aber manchmal hat er recht.«

»Grrrrrh«, knurrt das Krokodil. »Finde ich auch.«

»Also komm, Katinka! Spiel mit uns!« ruft die Prinzessin. »Ich habe solche Langeweile.«

»Ja, spiel mit uns!« rufen alle. »Wir kennen ein gutes Stück.«

Mit einem Mal ist in der Puppenkiste allerhand los. Es knistert und kollert, es rappelt und rumst. Der Teufel reibt sich die Hände. »Ich spiele die Hauptrolle«, erklärt er.

Kasperl gibt ihm mit seiner Pritsche eins auf die Hörner. Da verschwindet der Teufel. Aber er kichert dabei.

»Tri-tra-trullalla«, singt Kasperl vergnügt. »Katinka, wie gefällt dir mein Lied?«

Katinka muß lachen. »Weißt du doch, Kasperl«, sagt sie und klappt ihr Heft zu. »Dein Lied ist mein Lieblingslied.«

Das hört Kasperl gern. Er singt gleich noch einmal: »Tri-tra-trull ...« Weiter allerdings nicht.

Aus der Küche kommt nämlich jetzt eine Stimme: »Katinka, das Essen ist fertig!«

»Hach«, sagt Katinka, »ich hab überhaupt keinen Hunger. Schon gar nicht auf das, was die Omama da wieder gekocht hat!«

Kasperl lacht. Katinkas Oma hat zum Glück nichts gehört. Sie ruft aus der Küche: »Hände waschen! Hast du gehört?«

»Na, dann«, seufzt Katinka, »bleibt einem wohl nichts anderes übrig. Also bis später!«

In der Puppenkiste rumort es noch ein bißchen. Doch als Katinka aus dem Zimmer ist, wird es still.

Mittagessen mit Omama

Katinka wäscht sich im Bad die Hände und geht in die Küche. Da ist der Tisch für zwei Personen gedeckt. Und es riecht nach Fisch. Ganz scheußlich nach Fisch.

Iiih, Stinkefisch! denkt Katinka. Sie mag keinen Fisch. Kochfisch schon gar nicht. Aber ihre Oma sagt, Fisch einmal die Woche muß sein! Fisch ist so gesund. Kochfisch besonders. Von Stinkefisch will sie nichts hören.

Also behält Katinka ihre Gedanken wie immer für sich. Die Oma ist groß und stark. Man kommt nicht gegen sie an. Man muß tun, was sie sagt. Man muß sie Omama nennen.

Katinkas Mama wohnt in einer anderen Stadt, mehr als tausend Kilometer entfernt. Das ist so weit weg, daß man es sich gar nicht vorstellen kann. Sie ist dahin gegangen, als Katinka zwei Jahre alt war. Das ist so lange her, daß man es sich auch gar nicht vorstellen kann.

Katinka weiß überhaupt nicht mehr, wie ihre Mama

eigentlich aussieht. Manchmal kommt ein Brief oder ein Päckchen. Aber die Mama selbst bleibt verschwunden. Die Omama sagt, das ist gut so. Sie wohnt oben im Haus und führt Katinkas Papa den Haushalt. Sie putzt und kauft ein. Sie wäscht und bügelt. Sie geht nie weg. Sie ist immer da für Katinka. Sie ist Oma und Mama zugleich. Deswegen muß man sie Omama nennen.

»Omama«, sagt Katinka, »darf ich mit Philipp schwimmen gehen?«

»Schwimmen?« fragt die Omama. »Mit Philipp? Wann denn?«

»Heute«, antwortet Katinka, »um drei.«

»Heute habe ich keine Zeit«, sagt die Omama. »Ich muß Johannisbeeren pflücken. Und morgen muß ich Gelee kochen.«

»Kannst du doch«, antwortet Katinka. »Du sollst ja nicht mitkommen.«

»Ihr wollt allein ins Schwimmbad?« fragt die Omama erstaunt. »Das fehlte noch!«

»Philipps Mutter geht mit«, sagt Katinka. »Und seine Schwester. Und dann noch so zwei oder drei Tanten.«

Die Tanten hat sie gerade erfunden. Aber sie nützen ihr gar nichts. Die Omama schüttelt den Kopf. »Ohne mich gehst du nicht schwimmen! Das ist viel zu gefährlich.«

Katinka pikt ihre Gabel in den Fisch und matscht ihn zusammen. Aber sie ißt nur ein Stückchen Kartoffel und ein Blättchen Salat. Dann sagt sie: »Ich kann nicht mehr!« Und das ist auf alle Fälle die Wahrheit.

Die Omama schüttelt den Kopf. »Du hast ja noch gar

nichts gegessen. Und Fisch ist doch so gesund. Kochfisch besonders.«

»Ich weiß«, murmelt Katinka. Der Fisch auf ihrem Teller ist weiß und weich und hat eine glibberige Haut.

»Die Haut kannst du liegenlassen«, sagt die Omama und greift nach dem Pfännchen mit der flüssigen Butter.

Bitte nicht! denkt Katinka. Für mich bitte nicht! Aber da hat sie schon einen Schwapp auf dem Teller.

»Also los!« sagt die Omama. »Laß es nicht kalt werden! Wenn es kalt wird, schmeckt es nicht mehr.«

»Ich weiß«, murmelt Katinka wieder. Kalt gewordener Fisch mit kalt gewordener Butter ist wirklich das absolut Ekelhafteste auf der Welt. Darum ißt sie jetzt, so schnell sie kann. Die Omama ißt auch.

»Omama«, sagt Katinka, »hast du schon immer gern Fisch gegessen? Auch als du klein warst?«

Die Omama nickt. »Immer schon. Am liebsten Kochfisch mit flüssiger Butter.«

»So ein Glück!« sagt Katinka.

»Wie meinst du das?« fragt die Omama erstaunt.

»Ich meine, für dich. Weil dir das gut geschmeckt hat. Ich mag lieber andere Sachen.«

Die Omama schweigt. Sie fragt nicht, was für andere Sachen das sind. Und Katinka sagt es ihr nicht. Hat ja doch keinen Zweck. Sie ißt alles auf, und nachher ist ihr ganz schlecht.

»Du siehst aus wie Milch mit Spucke!« stellt die Omama fest. Es hört sich an wie ein Vorwurf.

»Ich soll um drei bei Philipp sein«, versucht es Katinka

noch einmal. »Wenn ich nämlich mit schwimmen gehen will.«

»Aber du willst doch gar nicht«, sagt die Omama.

Will ich wohl! denkt Katinka. Doch sie spricht es nicht aus. Hat sowieso keinen Zweck. Sie hört zu, wie die Omama Philipps Mutter anruft und sagt, daß Katinka nicht mitkommt zum Schwimmen. Warum nicht? Ach, ist doch egal. Katinka geht in ihr Zimmer.

»Hast du deine Aufgaben gemacht?« ruft die Omama ihr nach.

»Ich muß noch rechnen und schreiben!« ruft Katinka zurück.

Die Omama steckt ihren Kopf rein. »Wenn du fertig bist, gucke ich nach.« Dann ist sie verschwunden. Zuerst macht sie jetzt ihren Mittagsschlaf. Anschließend pflückt sie Johannisbeeren. Mindestens zwei Eimer. Und morgen kocht sie Gelee.

Alle wollen ein Stück spielen

»Ich bin noch lange nicht fertig«, murmelt Katinka. Da hat sie recht. Sie rechnet nicht, und sie schreibt nicht. Sie sitzt bloß da und guckt Löcher in die Luft. Viele Löcher. So lange, bis jemand singt.

»Tri-tra-trullalla ...«, singt jemand. Kasperl natürlich. Aus der Puppenkiste hinter seinem Theater. »Tri-tra-trullalla!«

Katinka hört auf, Löcher in die Luft zu gucken. »Grüß dich, Kasperl!« sagt sie.

»Grüß dich, Katinka!« ruft Kasperl. »Wie war das Essen?«

»Ekelhaft!« sagt Katinka. »Kochfisch mit flüssiger Butter.«

Kasperl lacht. »Spaghetti wären dir wohl lieber gewesen. Oder Würstchen mit Senf. Oder Kirschpfannkuchen mit Zucker und Zimt. Oder Götterspeise mit Vanillesoße.«

»Hör auf!« stöhnt Katinka. »Magst *du* Kochfisch mit flüssiger Butter?«

»*Ich* mag alles«, behauptet Kasperl. »Aber am liebsten Bratwurst mit Rotkohl.«

»Das hab ich noch nie gegessen«, sagt Katinka. »So was kann meine Oma nicht kochen.«

»Du hast eine blöde Oma«, sagt Kasperl.

»Ja«, nickt Katinka, »das stimmt!«

Sie schauen sich an. Kasperl hat blitzblaue Augen, Katinka nußbraune. Kasperl lacht übers ganze Gesicht, Katinka immerhin mit dem Mund.

»Hast du es ihr schon mal gesagt?« fragt Kasperl.

»Was denn?« fragt Katinka zurück.

»Daß sie eine blöde Oma ist.«

»Das geht nicht«, sagt Katinka verblüfft.

»Warum nicht?« fragt Kasperl.

»Sie will es nicht hören.«

Kasperl grinst. »Aber *du* willst es sagen!«

Katinka denkt nach. »Ich *will* schon. Aber ich *kann* nicht.«

»Papperlapapp!« ruft Kasperl. »Wenn du es wirklich willst, kannst du es auch.«

Katinka zuckt die Achseln. »Vielleicht wenn ich groß bin.«

»So lange würde ich nicht warten«, meint Kasperl.

»Dann vielleicht nach meinem Geburtstag«, sagt Katinka.

»Wann hast du Geburtstag?«

»Am 7. Juli. Ungefähr in zwei Wochen.«

»Juchhe!« schreit Kasperl. »Das gibt ein Fest!«

»Hoffentlich!« sagt Katinka. »Ich weiß noch nicht, wen ich einladen darf.«

»Viele Leute natürlich«, ruft Kasperl. »Wir spielen ein Stück. Je größer das Publikum, desto besser.«

»Mal sehen«, sagt Katinka. »Es dauert noch lange bis dahin. Was machen wir jetzt?«

In der Puppenkiste rumort es wieder. Die Prinzessin summt Kasperls Lied. Seppel pfeift es. Der König hustet. Die Großmutter klappert mit ihren Töpfen.

»Hörst du?« fragt Kasperl. »Alle wollen ein Stück spielen. Und alle wollen drin vorkommen.«

Der Polizist räuspert sich. Das Krokodil knurrt. Der Räuber gähnt. Der Teufel kichert.

Katinka zögert. »Eigentlich muß ich erst rechnen und schreiben.«

»Unsinn!« sagt Kasperl. »Was für ein Stück sollen wir spielen?«

Katinka überlegt. Dann sagt sie: »Ein Stück von einem Fisch! Von einem Fisch, der verschwindet.«

»Hm«, macht Kasperl, »na gut. Da fehlt uns bloß noch der Fisch. Zum Verschwinden muß er zuerst mal da sein.«

Katinka lacht. »Wir nehmen meinen Badefisch«, sagt sie, »den grünen aus Plastik. Ich hole ihn schnell.«

Sie läuft ins Bad und kommt mit dem Fisch zurück.

Kasperl klatscht in die Hände. »Bravo, bravissimo!« ruft er. »Dann geht es jetzt los.«

Kasperl und der grüne Fisch

Kasperl geht durch den Wald. Die Sonne scheint, und die Vögel zwitschern. Kasperl ist gut gelaunt. Er trägt einen Fisch unter dem Arm – dick und fett und schön grün obendrein. Den hat er eben gefangen. Kasperl singt vergnügt vor sich hin:

»Tri-tra-trullalla,
ich geh zu meiner Großmama.
Tri-tra-trullallisch,
ich bring ihr einen schönen Fisch.
Den brät sie mir in Butter,
den kocht sie mir in Wein.
Das wird ein feines Futter
für ihren Kasperl sein!«

Da kommt ihm einer entgegen. Der hat einen Hut mit Feder.

Es ist Kasperls Freund Seppel. Die beiden umarmen sich herzlich.

Seppel staunt über den dicken, fetten Fisch, den Kasperl unter dem Arm trägt.

»Was ist das?« fragt er. »Ein Goldfisch?«

»Aber Seppel«, sagt Kasperl, »der Fisch ist doch grün!«

»Dann also ein Grünfisch!« sagt Seppel. »Kann man ihn essen?«

»Jetzt noch nicht«, sagt Kasperl. »Man muß ihn erst kochen. Vielleicht auch braten. Meine Großmutter wird es schon wissen.«

»Meinst du, er reicht für drei?« fragt Seppel. »Ich hab nämlich Hunger.«

»Na klar!« sagt Kasperl. »Großmutter kriegt den Kopf, du kriegst den Schwanz, und ich kriege alles, was dazwischen ist.«

Seppel lacht. Er kennt Kasperls Witze.

»Komm mit!« sagt Kasperl. »Großmutter freut sich bestimmt.«

Die Großmutter steht in ihrer Küche am Herd. Sie rührt im Topf, rüttelt an der Pfanne, schlürft ein bißchen vom Löffel.

»Mmmm, lecker!« sagt sie zufrieden. »Hoffentlich kommt mein Kasperl pünktlich nach Hause! Sonst verbrutzelt die Bratwurst, sonst zerkocht der Rotkohl, und die Kartoffeln werden zu Brei.«

Da singt es draußen vorm Fenster:

»Tri-tra-trullalla,
nun ist der Kasperl wieder da!
Tri-tra-trullallit,
und seinen Seppel bringt er mit.«

Die Tür geht auf, und die beiden kommen herein. Kasperl mit dem grünen Fisch unter dem Arm.

»Schau, Großmutter, was ich dir mitgebracht habe!« ruft er. »Ist das nicht ein herrlicher Fisch? Der reicht gewiß für mich, für dich und für den Seppel dazu.«

»Ach, Kasperl«, sagt die Großmutter, »ich kann diesen Fisch heute nicht brauchen. Das Mittagessen ist ja schon fertig. Setzt euch nur gleich an den Tisch und laßt es euch schmecken!«

»Du dir auch!« wünschen Kasperl und Seppel. Dann essen sie alle drei. Der grüne Fisch liegt derweil auf der Fensterbank.

»Kochst du ihn eben morgen«, sagt Kasperl. »Oder du brätst ihn. Ganz wie du willst.«

»Ach, Kasperl«, sagt die Großmutter, »so ein Fisch schmeckt nur, wenn er frisch ist. Du solltest ihn lieber verschenken.«

»Wem denn?« fragt Kasperl.

»Bring ihn dem König!« sagt die Großmutter. »Der bekommt jeden Abend ein warmes Essen mit sieben Gängen. Gewiß freut er sich über den schönen Fisch.«

Kasperl ist einverstanden. Vielleicht kriegt er eine Belohnung.

»Einen Golddukaten?« fragt Seppel neugierig.

»Schon möglich«, sagt Kasperl. »Oder sogar einen Kuß von der Prinzessin.«

»Das möchtest du wohl«, lacht Seppel.

»Du etwa nicht?« lacht Kasperl zurück. Und dann schiebt sich jeder seinen letzten Zipfel Bratwurst in den lachenden Mund.

Zum Nachtisch gibt es Götterspeise mit Vanillesoße. Als sie die aufgegessen haben, machen sich Kasperl und Seppel auf den Weg. Den grünen Fisch nehmen sie mit.

Oben im Schloß ist alles Goldglanz und Silberschimmer. Der König und die Prinzessin wohnen wirklich sehr vornehm. Im Augenblick haben sie allerdings keinen Sinn dafür. Der König ringt die Hände. Die Prinzessin schluchzt in ihr Taschentuch.

»Mein Krönchen!« schluchzt die Prinzessin. »Wer hat mein Krönchen gestohlen? Es stand mir so gut, und nun ist es weg.«

»Das gute Stück!« jammert der König. »Aus feinstem Gold und mit den kostbarsten Edelsteinen besetzt.«

»Mit Smaragden so grün wie meine Augen«, schluchzt die Prinzessin, »und mit Rubinen so rot wie meine Lippen. Es war mein Lieblingskrönchen, und ich will es unbedingt wiederhaben.«

»Die Polizei wird uns helfen, mein Kind«, sagt der König. »Ich habe bereits nach ihr geschickt.«

»Ich glaube, da kommt sie schon!« ruft die Prinzessin.

Aber da kommt nicht die Polizei, sondern Kasperl mit seinem Fisch unter dem Arm. Und Seppel kommt gleich hinterher.

»Guten Tag, Herr König«, sagt Kasperl. »Guten Tag, allerschönste Prinzessin. Ja, was macht ihr beiden denn für saure Gesichter? Hat euch vielleicht das durchlauchtigste Mittagessen nicht geschmeckt? Dann wollt ihr sicher einen schönen, dicken Fisch zum Abendbrot haben.«

»Ach, Kasperl«, seufzt der König, »wir haben überhaupt keinen Appetit. Ein frecher Dieb hat der Prinzessin vor zwei Stunden ihr Lieblingskrönchen gestohlen.«

»So ein Dreckskerl!« ruft Kasperl. »Seppel, was sagst du dazu?«

»So ein Lumpenhund!« ruft Seppel. »Ich glaube, ich weiß, wer das war!«

»Ja, wer denn?« fragt die Prinzessin.

Doch ehe Seppel antworten kann, kommt nun wirklich die Polizei – das heißt der Polizist. Er kommt im Laufschritt. Er schnauft und keucht und wischt sich den Schweiß von der Stirn.

»Wachtmeister Wimmelmann«, stellt er sich vor. »Wo ist der Dieb? Wie heißt er? Wo wohnt er? Wann ist er geboren?«

»Ach, guter Wachtmeister Wimmelmann«, sagt der König. »Alles das wissen wir selbst nicht. Alles das soll die Polizei so schnell wie möglich herausfinden.«

»Soso!« seufzt Wachtmeister Wimmelmann. »Nun, das ist keine leichte Aufgabe. Sie verlangt eine gute Spürnase.«

»Ich will doch hoffen, daß du die hast«, sagt der König.

Kasperl grinst. »Wachtmeister Mümmelmann hat eine erstklassige Spürnase«, ruft er. »Vor allem für Knackwurst mit Sauerkraut!«

»Wim-mel-mann«, sagt der Polizist. »Mein Name ist Wachtmeister Wim-mel-mann!«

Kasperl grinst breiter. »Ach ja, Wichtmeister Wammelmann! Nein, Mannmeister Wammelwicht. Der Name bringt einen ganz durcheinander. Wie war das gleich? Wichtmann Wammelmeister? Nein, jetzt weiß ich – Meistermann Wichtwammel!«

»Wim-mel-mann!« schnauzt der Polizist. »Und zwar Machtweister, äh, Wachtmeister.« Er klappt sein Notizbuch auf. »Ich bitte darum, mir den Diebstahl in allen Einzelheiten zu schildern.«

Die Prinzessin putzt sich die Nase und wischt sich die Augen. Dann erzählt sie gehorsam: »Es war nach dem Mittagessen. Ich hielt meinen Schönheitsschlaf draußen im Garten. Mein Krönchen hatte ich neben mich ins Gras gelegt, und als ich aufwachte, war es verschwunden.«

»... ver-schwun-den«, notiert der Polizist. »Und der Dieb?«

»Der Dieb war natürlich auch verschwunden«, sagt die Prinzessin. »Sonst hätte ich ihn ja gesehen, vielleicht sogar erkannt.«

»Ich glaube, ich weiß, wer es war!« ruft Seppel.

»Halt den Mund!« sagt der Polizist. »Dich hat niemand gefragt.«

»Aber ich hab doch ...«, ruft Seppel.

»Schscht«, macht Kasperl. »Tu, was Herr Wammelwicht sagt! Der Polizei darf man nicht widersprechen.«

»Ich muß nun das Protokoll schreiben«, sagt der Polizist. »Danach sehen wir weiter.« Schon ist er weg.

»So, jetzt kannst du reden«, sagt Kasperl zu Seppel.

»Es war bestimmt der Räuber«, sagt Seppel. »Ich hab ihn vor zwei Stunden im Wald getroffen. Er war auf dem Weg zu seiner Höhle und strahlte übers ganze Gesicht.«

»Ich kenne die Höhle«, sagt Kasperl. »Wir könnten nachgucken, ob das Krönchen drin liegt.«

»Ach, du mein herzallerliebster Kasperl!« ruft die Prinzessin. »Könntet ihr es auch herausholen?«

Kasperl nickt. Seppel auch.

»Aber ist das nicht viel zu gefährlich?«

»Für uns nicht«, sagt Kasperl. »Wir sind zwei schlaue Burschen. Es wird uns schon was einfallen.«

Der König umarmt sie beide. »Es soll euer Schaden nicht sein.«

»Ach, Majestät, darüber reden wir später«, sagt Kasperl. »Aber was ist mit meinem Fisch? Willst du ihn wirklich nicht haben?«

Der König schüttelt den Kopf. Die Prinzessin wendet sich ab. Solange das Krönchen nicht wieder da ist, kriegen sie keinen Bissen hinunter. Majestätisches Ehrenwort!

»Gut«, sagt Kasperl, »dann nehme ich meinen Fisch eben wieder mit. Obwohl er allmählich ein bißchen riecht. Komm, Seppel!«

Der König und die Prinzessin winken ihnen nach. Der König mit seinem Zepter, die Prinzessin mit ihrem Taschentuch. Tschüs, Kasperl, tschüs, Seppel!

Hier kommt jetzt zunächst mal der Räuber. Er stapft durch den Wald, mit seinem Räuberhut auf dem Kopf und seinem Räubersack auf dem Rücken. Dazu singt er sein Räuberlied:

»Heiho, heiho,
wie ist der Räuber froh!
Sein Räuberlied klingt laut.
Heut hat er gut geklaut.
Sein Räubersack ist schwer,
das freut den Räuber sehr.
Er schwenkt den Räuberhut.
Heut geht's dem Räuber gut.«

Nun hat er seine Höhle erreicht. Sie liegt gut versteckt hinter Farnkraut und Stachelsträuchern. Davor hockt das Krokodil und liest Zeitung.

»Hallo, Kroki«, sagt der Räuber, »da bin ich wieder.«

»Ein Glück!« sagt das Krokodil. »Hat lange genug gedauert.«

»Danke, daß du auf meine Höhle aufgepaßt hast. Ist alles in Ordnung?«

»Wo ich bin, ist immer alles in Ordnung. Wie war das Geschäft?«

»Kann mich nicht beklagen. Mein Sack ist bis obenhin voll.«

»Hast du auch was zu fressen mitgebracht?« fragt das Krokodil.

»Nein, nur Silbertaler und Golddukaten und dann noch das Krönchen der Prinzessin.« Der Räuber stellt seinen Sack auf den Boden und nimmt das Krönchen heraus.

»Schau her! Feinstes Gold mit Rubinen und Smaragden. Na, wie gefällt dir das?«

»Ich hab Hunger!« stöhnt das Krokodil. »Gold und Edelsteine kann man nicht fressen. Ich hab kein Abendbrot gehabt, kein Frühstück und kein Mittagessen. Wenn ich nicht bald was unter die Schuppen kriege, beiße ich dir ein Bein ab.«

»Bloß nicht!« sagt der Räuber. »Ich brauche zwei Beine für meinen Beruf. Ich besorge dir gleich was Gutes zu fressen. Laß mich nur rasch meine Beute in Sicherheit bringen!« Er verschwindet in der Höhle und taucht ohne den Sack wieder auf. »Was soll ich besorgen?« fragt er.

»Fleisch!« ruft das Krokodil. »Meinetwegen auch Fisch! Roh oder gekocht. Das ist mir egal.«

»Wird gemacht!« versichert der Räuber. »Bin gleich wieder da.«

»Grrrrrh!« knurrt das Krokodil und beißt vor Hunger und Wut in die Zeitung. Aber die spuckt es gleich wieder aus.

In diesem Augenblick biegen Kasperl und Seppel um die Ecke, Kasperl mit dem grünen Fisch unter dem Arm.

»Steht wohl nichts Wichtiges drin in der Zeitung«, sagt Kasperl. »Aber mußt du sie deshalb gleich auffressen?«

»Grrrrrh!« knurrt das Krokodil. »Ich hab so gräßlichen Hunger.«

»Und da frißt du Zeitungspapier?« fragt Seppel.

»Grrrrrh, wenn doch nichts anderes da ist!«

»Nichts zu fressen in der Räuberhöhle?« wundert sich Kasperl. »Dies ist doch die Räuberhöhle, nicht wahr?«

»Das verrate ich nicht. Ich muß nämlich auf sie aufpassen.«

»Aha«, sagt Kasperl, »dann sind wohl wertvolle Sachen drin.«

»Grrrrrh!« knurrt das Krokodil. »Lauter ungenießbares Zeug!«

»Kann ich mir denken«, nickt Kasperl. »Hartes Gold, zähes Silber und unverdauliche Edelsteine.«

»Genau!« sagt das Krokodil. »Erst heute hat der Räuber das Krönchen der Prinzessin gestohlen.«

Kasperl und Seppel schauen sich an. Dann nimmt Seppel den Fisch und hält ihn dem Krokodil unter die Nase. »Schau nur!« sagt er. »Was hältst du davon?«

Das Krokodil klappt sein Maul auf und zu. »Mmmm«, macht es gierig, »was für ein schöner, saftiger, gerade richtig stinkiger Fisch!«

»Du kannst ihn haben«, sagt Seppel. »Aber nicht hier. Komm mit ins Gebüsch! Feine Leute essen nicht mitten auf der Straße.«

Er wedelt dem Krokodil mit dem Fisch vor der Nase herum und verschwindet rückwärts im Wald. Gierig schnüffelnd watschelt das Krokodil hinter ihm her.

Und Kasperl? Kasperl schlüpft fix in die Räuberhöhle. Als er herauskommt, hält er etwas hoch in die Luft. Das Krönchen der Prinzessin natürlich! Die Rubine und Smaragde funkeln nur so in der Sonne.

Kasperl nimmt schnell ein Stück Zeitung und wickelt das Krönchen hinein. Dann ruft er: »Seppel!«

Prompt kommt Seppel aus dem Gebüsch, den Fisch

immer noch in der Hand. Das Krokodil klebt mit der Nase daran.

»Alles in Ordnung!« meint Kasperl. »Gib Kroki den Fisch!«

»Hepp!« ruft Seppel.

Haps, macht das Krokodil. Und schon ist der Fisch verschwunden.

»Sapperlottchen!« sagt Kasperl. »Was wollen wir mehr? Der Fisch ist weg, und das Krönchen ist wieder da. Der Räuber ist unterwegs, und das Krokodil ...« Er schaut sich um.

»Das Krokodil schläft«, ergänzt Seppel.

Und wirklich – satt vom Fisch und müde vom Wachen ist das Krokodil auf der Stelle in Tiefschlaf gefallen. Es schnarcht, daß die Bäume zittern.

»Komm, Seppel!« sagt Kasperl. »Wir gehen ins Schloß und bringen der Prinzessin ihr Krönchen zurück.«

»Und dann kriegen wir eine Belohnung«, lacht Seppel.

»Bestimmt«, sagt Kasperl. »Die haben wir auch verdient.« Er hakt Seppel unter und macht sich mit ihm auf den Weg. Dazu singt er sein Lied:

»Tri-tra-trullalla,
Kasperl ist jetzt nicht mehr da.
Tri-tra-trullallaus,
Kasperls Stück ist nämlich aus.«

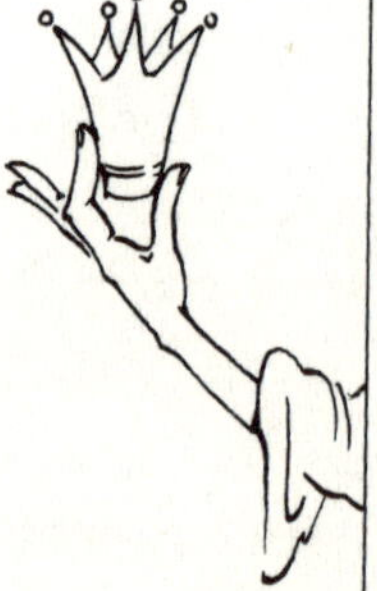

Eine Rolle für den Teufel

Katinka klatscht Beifall. Kasperl und Seppel verbeugen sich. Das Krokodil schnarcht weiter.

»Schade, daß das Stück schon aus ist!« sagt Katinka. »Ich hätte gern noch gesehen, was die Prinzessin macht, wenn sie ihr Krönchen zurückbekommt.«

»Das kannst du dir doch denken«, sagt Kasperl. »Sie springt vor Freude im Schloß herum und gibt uns beiden eine Belohnung.«

»Was denn?« fragt Katinka.

»Mir einen Golddukaten«, sagt Kasperl.

»Mir einen Silbertaler«, sagt Seppel.

»Und wer kriegt den Kuß?« fragt Katinka.

»Ich!« ruft Kasperl.

»Ich auch!« ruft Seppel.

»Meinetwegen«, sagt Kasperl. »Allerdings sind das zwei Küsse, wenn ich richtig gerechnet habe.«

Katinka lacht und klatscht weiter Beifall. Das Krokodil wacht davon auf und verbeugt sich ebenfalls. »Du mußt noch mehr klatschen!« sagt es. »Wir haben alle sehr gut gespielt.«

Ja, das findet Katinka auch. Sie klatscht, bis die anderen auch auf der Bühne stehen. Alle nehmen sich an die Hand und machen eine tiefe Verbeugung. Zum Schluß kommt der Teufel. Aber der nimmt niemanden an die Hand und macht auch keine Verbeugung. Er reckt seine schwarzen Hörner hoch in die Luft und ist ordentlich giftig, weil er nicht mitgespielt hat.

»Gemeines Pack!« grollt er mit hochrotem Kopf. »Warum habt ihr mich nicht gerufen?«

Kasperl zuckt die Achseln. »Wir hatten keine Rolle für dich.«

»Das wird euch noch leid tun!« grollt der Teufel.

»Sei nicht böse!« sagt Katinka. »Nächstesmal darfst du wieder mitspielen.«

»Kann sein, kann auch nicht sein«, meint Kasperl. »Das kommt auf das Stück an.«

»Nein, auf Katinka!« behauptet der Teufel.

»Auf mich?« fragt Katinka erschrocken. Sie kann den Teufel nicht leiden. Sie fürchtet sich sogar ein bißchen vor ihm.

Als sie noch kleiner war, hat sie ihn immer irgendwo verschwinden lassen. Am liebsten im Topfschrank neben der Spüle, im Suppentopf. Deckel ab, Teufel rein, Deckel zu. Aber dann war er jedesmal wieder da, mal früher, mal später. Wahrscheinlich hat ihn die Omama im Suppentopf gefunden und in die Puppenkiste zurückgelegt. Gesagt hat sie nichts.

Alle schauen Katinka an. Der Teufel auch. Alle schweigen. Der Teufel auch. Eine Weile ist es ganz still.

Dann sagt Katinka: »Du kannst *jetzt* noch eine Rolle kriegen, wenn du willst.«

»Ehrlich?« fragt der Teufel erstaunt.

Katinka nickt.

»Und wie heißt das Stück?«

»Es ist kein richtiges Stück«, sagt Katinka. »Es spielt nämlich nicht im Theater. Es spielt in Wirklichkeit.«

Der Teufel hat offenbar nichts dagegen. Seine Augen funkeln wie feurige Kohlen. »Was muß ich tun?« fragt er begierig.

»Die Omama erschrecken«, sagt Katinka.

Kasperl lacht. Er ahnt schon, was kommt.

»Wie denn?« fragt der Teufel.

»Du legst dich in ihr Bett und wartest, bis sie auftaucht.«

»Und dann?«

»Dann erschreckst du sie eben. Dir wird schon was einfallen.«

Der Teufel grinst.

»Gefällt dir die Omama?« fragt Kasperl. »Ich meine – die Rolle.«

»Die Rolle schon«, sagt der Teufel. »Die Omama weniger.«

Alle lachen. Ab und zu ist sogar der Teufel ganz komisch. Katinka bringt ihn in Omamas Zimmer. Kasperl kommt mit.

Omamas Zimmer ist tadellos aufgeräumt. Nichts liegt herum. Die Rolläden sind halb heruntergelassen und sperren das Sonnenlicht aus. Es riecht nach den Kräuterkissen, die im Wäscheschrank liegen. Die Motten können den Geruch nicht ausstehen. Katinka auch nicht.

Omamas Bett ist groß und breit und riecht ebenfalls nach Kräuterkissen. Die gestreifte Bettwäsche sieht aus wie frisch gebügelt.

Katinka wirft einen Blick unter das pralle Kopfkissen. Da liegt Omamas Nachthemd, lila mit schwarzen Punkten. Katinka schüttelt den Kopf. Sie hebt einen Zipfel der Bettdecke und legt den Teufel auf das stramme, schneeweiße Laken.

»Mach's gut!« sagt sie und zieht ihm die Bettdecke über den Kopf. Der Teufel antwortet nicht.

Kasperl lacht. »Schade, daß wir nicht dabei sind, wenn die Omama ins Bett geht!« sagt er. »Können wir uns hier nicht irgendwo verstecken? Vielleicht im Kleiderschrank?«

Doch Katinka findet, das geht zu weit. Den Teufel im Bett und Katinka und Kasperl im Kleiderschrank – das kann man nicht mal der Omama zumuten!

Also gehen sie wieder. Unterwegs singt Kasperl:

»Tri-tra-trullalla,
der Teufel und die Omama,
die haben heut ein Randewuh.
Tri-tra-trullallu!«

»Randewuh?« fragt Katinka. »Was ist noch mal ein Randewuh?«

»Die Leute in Frankreich machen ein Randewuh«, sagt Kasperl. »Dabei treffen sie sich. Bei uns machen sie, soviel ich weiß, ein Stelldichein.«

»Ah«, sagt Katinka, »dann sing noch ein Lied mit Stelldichein!«

Kasperl überlegt nur ganz kurz, und schon singt er:

»Die Omama kriegt einen Schreck
bei diesem Stelldichein.
Zuerst bleibt ihr die Spucke weg,
dann fängt sie an zu schrein.«

»Was schreit sie denn?« fragt Katinka.

»Das müssen wir abwarten«, sagt Kasperl. »Hoffentlich schreit sie so laut, daß wir es hören!«

Katinka soll sich schämen

Der Nachmittag wird so, wie Katinka es sich vorgestellt hat, lang und langweilig. Kasperl hat sich in der Puppenkiste verkrochen. Die Omama pflückt Johannisbeeren. Katinka macht ihre Hausaufgaben. Zwischendurch denkt sie an Philipp. Der ist jetzt im Schwimmbad. Vielleicht springt er eben ins Wasser. Vielleicht rutscht er gerade die Rutsche runter. Vielleicht spielt er auch Ball mit seinen zwei oder drei Tanten.

Katinka kaut auf ihrem Füller herum und schaut aus

dem Fenster. Draußen ist lauter blaue Luft und Sonnenschein. Wirklich die reine Verschwendung! Wenn so ein Wetter ist, will man unbedingt im Schwimmbad sein und auf keinen Fall an seinem Schreibtisch sitzen.

Als die Omama genug Johannisbeeren gepflückt hat, guckt sie Katinkas Hausaufgaben nach. Sie findet eine Menge Fehler. Katinka ist darüber nicht weiter erstaunt, die Omama schon.

»Das ist doch nicht möglich!« ruft sie bei jedem Fehler. »Was hast du dir denn dabei gedacht?«

»Gar nichts«, sagt eine Stimme aus der Puppenkiste. »Muß man sich denn bei jedem Fehler was denken?«

Die Omama runzelt die Stirn. »Pfui, schäm dich, Katinka!«

»Warum denn?« fragt die Stimme aus der Puppenkiste.

Die Omama klopft mit der flachen Hand auf den Tisch. »Das möchte ich nicht gehört haben!«

»Ich hab ja gar nichts gesagt«, murmelt Katinka.

»Wer sonst?« fragt die Omama.

»Das war Kasperl«, erklärt Katinka.

»Der Holzkopf!« sagt die Omama. »Er soll sich da lieber raushalten.« Sie verbessert sämtliche Fehler, und dann muß Katinka alles noch einmal abschreiben. Kasperl findet das ziemlich gemein, aber ändern kann er es nicht.

Katinka hofft, daß Papa zum Abendbrot zu Hause ist. Leider ruft er nur an und sagt, daß es bestimmt wieder spät wird. Er sagt, daß Katinka schon schlafen gehen soll, daß sie aber vorher noch ein bißchen fernsehen darf, wenn etwas Passendes kommt und wenn es der Omama recht ist.

Die Omama steht die ganze Zeit neben dem Telefon und wartet. Dann nimmt sie den Hörer und sagt, daß im Fernsehen nichts Passendes kommt und daß Katinka sowieso früh ins Bett muß, weil sie ihre Aufgaben so schlecht gemacht hat. Kinder, die zuviel fernsehen, machen ihre Aufgaben von Tag zu Tag schlechter.

Papa sieht das offenbar ein, denn die Omama nickt zufrieden, und dann sagt sie: »Alles in Ordnung, sehr schön, den Rest erzählen wir morgen.«

Also morgen ist Papa da. Das ist doch ein kleiner Trost. Zwar erscheint er nicht gleich zum Frühstück, denn er schläft immer lange, wenn er von einer Geschäftsreise zurück ist. Aber den ganzen Tag geht er nicht ins Büro. Wenn Katinka aus der Schule kommt, sitzt er im Arbeitszimmer am Schreibtisch und ordnet das viele Papier aus seinem Aktenkoffer. Katinka rennt immer gleich zu ihm und setzt sich auf seinen Schoß. Da bleibt sie lange sitzen, auch wenn die Omama dauernd kommt und fragt, ob das Kind denn nicht stört. Papa sagt nein, und Katinka sagt gar nichts. Aber wenn die Omama draußen ist, halten sie sich beide die Hand vor den Mund und lachen.

Katinka erzählt Papa, wie es in der Schule war. Und Papa erzählt Katinka, was er auf der Reise erlebt hat. Letztes Mal hat er von einem Kater erzählt. Der ist im Hotel durchs Fenster gekommen und zu ihm ins Bett gekrochen, und morgens hat er seine Vorderpfoten um Papas Schienbein gekrallt und wollte ihn nicht aufstehen lassen.

Die Geschichte hat Katinka gefallen. Der Kater hätte ihr bestimmt auch gefallen. Papa hätte ihn ruhig mitbringen können. Allerdings wäre die Omama darüber wahrscheinlich nicht begeistert gewesen, und der Kater wollte vielleicht auch lieber im Hotel bleiben und zu netten Gästen ins Bett kriechen.

Morgen ist Papa wieder da. Morgen rennt Katinka zu ihm und setzt sich auf seinen Schoß. Morgen erzählt sie ihm, was in der Schule passiert ist. Morgen hört sie ihm zu und hält sich beim Lachen wie er die Hand vor den Mund. Morgen kann sie ihn fragen, wen sie zu ihrem Geburtstag einladen darf. Hoffentlich sagt er nicht: »Das muß die Omama wissen.«

Zum Abendbrot kriegt Katinka Käsebrot mit Pfefferminztee und hinterher Johannisbeeren mit Joghurt. Das schmeckt ihr besser als Stinkefisch mit flüssiger Butter. Sie ißt alles auf. Sie lacht und hat überhaupt gute Laune. Die Omama sagt, das kommt, weil jetzt in den Aufgaben kein Fehler mehr ist. Katinka nickt, aber in Wirklichkeit freut sie sich auf Papa und vielleicht auch schon ein bißchen auf ihren Geburtstag.

»Omama«, sagt sie, »was bekomme ich diesmal für einen Kuchen?«

»Das wirst du schon sehen«, antwortet die Omama. »Bis dahin dauert es ja noch fast zwei Wochen.«

Katinka sagt nichts mehr. Sie geht ins Bad und putzt sich die Zähne. Sie zieht ihr Nachthemd an und legt sich ins Bett. Kasperl nimmt sie mit. Das Buch vom Bären, der nicht einschlafen konnte, nimmt sie auch mit. Ihren eigenen Bären setzt sie in den Sessel. Hoffentlich kann er da einschlafen.

Die Omama kommt und sieht, daß Katinka noch liest. Sie hat nichts dagegen. Kinder, die lesen, machen beim Schreiben weniger Fehler. Daß Kasperl im Bett liegt, sieht die Omama nicht. Katinka hat ihn schnell unter die Decke geschoben.

»Eine halbe Stunde darfst du noch lesen«, erlaubt die Omama gnädig. »Danach sage ich dir gute Nacht.«

Katinka ist ganz in ihr Buch versunken. Sie nickt nur und blättert um. Die Omama geht.

Kasperl kommt unter der Decke hervor und fragt: »Warum sollte die Omama mich denn nicht sehen? Schämst du dich etwa, weil ich bei dir im Bett liege?«

»Nein!« sagt Katinka mit Nachdruck. »Ich wollte bloß nicht, daß sie wieder so eine blöde Bemerkung macht wie vorhin.«

»Ach so«, sagt Kasperl. Und dann lesen sie beide die Geschichte vom Bären, der nicht einschlafen konnte, zu Ende.

Als die halbe Stunde fast vorbei ist, legt Katinka das Buch weg und knipst das Licht aus. Gleich darauf kommt die Omama. Sie geht gleich wieder. Denn alles ist dunkel und still.

Kasperl lacht. Allerdings nur ganz leise. Dann flüstert er: »Sie hat gedacht, daß wir schon schlafen. Dabei warten wir noch, bis sie schreit.«

Da können sie allerdings lange warten.

Vorerst guckt die Omama nämlich Fernsehen. Das kann man deutlich hören. Offenbar ist für sie etwas Passendes gekommen. Und etwas Langes dazu. Der Film, den sie da guckt, nimmt kein Ende. Vielleicht guckt sie noch einen zweiten.

Kasperl gähnt. Katinka auch. Gähnen steckt an. Besonders im Dunkeln. Kasperl und Katinka können gar nicht mehr aufhören.

»Sollen wir schon mal ein bißchen schlafen?« fragt Katinka nach einer Weile.

»Gut!« sagt Kasperl. »Wenn die Omama schreit, werden wir sowieso wieder wach.«

Aber sie werden nicht wach. Jedenfalls nicht, weil die Omama schreit. Sie werden wach, weil draußen im Garten die Vögel zwitschern. Da ist die Nacht vorbei.

Was der Teufel erzählt

Als Katinka wach wird, liegt sie natürlich im Bett. Als Kasperl wach wird, liegt er erstaunlicherweise in der Puppenkiste. Neben Katinka liegt der Bär. Neben Kasperl liegt der Teufel. Das ist doch wirklich komisch!

Katinka steht auf. Sie kniet sich vor die Puppenkiste. Sie nimmt Kasperl in die rechte Hand und den Teufel in die linke. Sie guckt von einem zum andern. Kasperl ist eindeutig noch müde. Der Teufel sieht ziemlich mürrisch aus.

»Was ist passiert?« fragt Katinka. »Wer hat euch denn in die Kiste gelegt?«

»Na, wer wohl?« fragt Kasperl zurück.

Der Teufel gibt keine Antwort.

»Also die Omama!« stellt Katinka fest. »Ich habe sie gar nicht gehört.«

»Ich auch nicht«, sagt Kasperl. »Aber ich hab sie gefühlt. Sie hat einen Griff wie ein oller Hauptmann.«

Katinka muß lachen. Genau das hat Kasperl gewollt.

»Und du?« fragt Katinka den Teufel. »Was hast du erlebt? Erzähl mal!«

Der Teufel wirft ihr einen schrägen Blick zu und wird ganz rot im Gesicht. »Lohnt sich nicht«, grollt er.

»Was hat die Omama gesagt?« fragt Katinka. »Hat sie sich nicht erschreckt? Hat sie kein bißchen geschrien?«

»Nur so, wie sie schreit, wenn sie im Badezimmer eine Spinne findet«, antwortet der Teufel. »Und genauso sah sie auch aus. Wahrscheinlich hätte sie mich am liebsten platt gemacht.«

»Aber dazu warst du zu groß«, sagt Kasperl. »Ich finde, du hast noch mal Glück gehabt.«

»Und dann?« fragt Katinka.

»Dann hat sie mich im Genick gepackt«, sagt der Teufel.

»Mit einem Griff wie ein oller Hauptmann«, fügt Kasperl hinzu.

»Und dann?« fragt Katinka noch einmal.

»Dann hat sie mich die Treppe runtergetragen und in die Puppenkiste geworfen.«

»Und mich gleich dazu«, ergänzt Kasperl. »In Katinkas Bett war es entschieden gemütlicher.«

»Im Bett von der Omama auch«, sagt der Teufel, »jedenfalls ehe sie kam!«

»Und das war alles?« fragt Katinka enttäuscht.

»Ja«, knurrt der Teufel, »ich kann auch nichts dafür.«

»Du hättest irgendwas machen müssen«, meint Kasperl.

»Ich habe ganz teuflisch gekichert«, sagt der Teufel beleidigt. »Aber das hat sie weiter nicht aufgeregt.«

Katinka schüttelt den Kopf. Das versteht sie nicht. Sie kriegt jedesmal eine Gänsehaut, wenn der Teufel kichert.

»Vielleicht hätte sie sich mehr aufgeregt«, überlegt Kasperl, »wenn du nicht schon so oft im Suppentopf gelegen hättest.«

»Na, hör mal«, protestiert der Teufel, »es ist doch wohl ein Unterschied, ob man im Bett oder im Suppentopf liegt!«

Das findet Katinka auch.

»Jedenfalls war das eine blöde Rolle«, sagt der Teufel. »Nächstesmal will ich lieber wieder in einem richtigen Stück mitspielen.« Das kann man verstehen.

»Mal sehen, was sich machen läßt«, sagt Kasperl. »Vielleicht hat Katinka schon eine Idee.«

»Jetzt nicht«, seufzt Katinka. »Jetzt muß ich mich waschen und anziehen. Und dann wird es Zeit für die Schule.«

In der Küche hantiert die Omama mit Tellern und Tassen.

»Sie macht Frühstück«, sagt Kasperl. »Gleich kommt sie dich holen.«

»Da ist sie schon!« flüstert der Teufel.

Die Omama öffnet die Tür und ruft: »Guten Morgen, Katinka! Bist du endlich aufgewacht?«

Katinka nickt. »Guten Morgen, Omama!« sagt sie leise und fühlt, wie ihr Herz klopft.

Die Omama zieht die Rolläden hoch. Sie lächelt Katinka an. Über Kasperl sieht sie einfach hinweg. Über den Teufel auch. Aber das ist kein Wunder. Der Teufel ist nämlich längst in der Puppenkiste verschwunden.

Post für Fräulein Katinka

In der Schule ist es heute gemischt. Zuerst gibt Frau Mertens die Diktate zurück. Katinka hat null Fehler und freut sich. Aber mit dieser Freude ist es in der großen Pause vorbei. Da erzählt ihr Philipp nämlich, daß es gestern im Schwimmbad sehr schön war und daß er die ganze Zeit mit Tine gespielt hat.

»Warum mußtest du auch zu Hause bleiben?« fragt er.

»Ich mußte eben«, sagt Katinka. »Meine Oma hat es gewollt.«

»Ach, du mit deiner Oma!« ruft Philipp wegwerfend.

Und Katinka denkt, daß er das nicht zum erstenmal sagt.

Nach der Pause kann sie nicht ordentlich aufpassen. Sie hat Angst, daß Philipp jetzt überhaupt nicht mehr mit ihr spielt. Vielleicht spielt er jetzt immer mit Tine. Die hat keine so lästige Oma.

Zweimal ruft Frau Mertens Katinka auf.

Und Katinka weiß keine Antwort, weil sie gar nicht zugehört hat.

»Was ist denn mit dir?« fragt Frau Mertens. »Wo bist du bloß heute mit deinen Gedanken?«

Tine guckt herüber und lacht. Tine ist doof.

Katinka will, daß die Schule bald aus ist. Sie will nach Hause. Sie will zu Papa. Sie will in sein Zimmer laufen, auf seinem Schoß sitzen, erzählen und zuhören.

Endlich dürfen sie zusammenpacken und gehen.

Katinka wartet nicht wie sonst auf Philipp, sondern rennt gleich los. Vielleicht geht Philipp sowieso lieber mit Tine. Das will Katinka gar nicht erst sehen.

Die Omama steht mit dem Postboten am Gartentor und schreibt etwas auf einen Zettel. Sie hat eine ganze Menge Briefe unter dem Arm, große und kleine. Für wen die wohl sind?

»Da kommt ja das Fräulein Katinka!« sagt der Postbote. »Na, wie war's in der Schule?«

»Es geht so«, antwortet Katinka. Der Postbote ist lieb und alt und darf solche Fragen stellen. Er hat ihr in sieben Jahren viele Bonbons geschenkt. Als sie noch klein war, hat sie jeden Morgen darauf gewartet.

»Heute habe ich leider kein Bonbon«, sagt er, »dafür aber Post für Fräulein Katinka!« Er lächelt und zeigt mit dem Kopf auf die Briefe, die die Omama unter dem Arm trägt.

Katinka verdreht den Hals und entdeckt wirklich ganz oben einen hellblauen Brief. Darauf steht ihr Name, mit schwarzer Tinte geschrieben – in einer Schrift, die ihr Herzklopfen macht. Sie streckt ihre Hand aus.

Aber da dreht sich die Omama um und geht vor ihr ins Haus. »Komm erst mal rein!« sagt sie. »Papa wartet auf dich.«

Katinka hüpft hinterher. »Ich gehe gleich zu ihm. Die Post kann ich mitnehmen.«

»Zuerst bringst du mal deinen Ranzen weg«, sagt die Omama. »Und die Post kriegt Papa von mir.«

Katinka läuft in ihr Zimmer. Sie schüttelt den Ranzen einfach auf den Boden. Sie hat es sehr eilig, aber ein Blick in die Puppenkiste muß sein. Kasperl freut sich bestimmt, daß sie wieder da ist. Er guckt schon über den Rand. Und natürlich singt er sein Lied.

»Tri-tra-trullalla,
heut ist der Papa wieder da.
Tri-tra-trullallisch,
er sitzt an seinem Schreibetisch.«

Katinka muß lachen. »Es heißt nicht Schreibetisch, sondern Schreibtisch!«

»Kann schon sein«, sagt Kasperl. »Aber Schreibetisch kommt besser aus.«

»Sing weiter!« verlangt Katinka.

»Mit Vergnügen!« sagt Kasperl und singt:

»Papa hat auf die Uhr geschaut,
er fühlt sich sehr allein.
Und zwischendurch, da ruft er laut:
›Wo bleibt mein Töchterlein?‹«

»Dann muß ich gleich zu ihm«, sagt Katinka. »Du hast wirklich schön gesungen.«

»Soll ich noch eine Strophe?« fragt Kasperl.

Katinka schüttelt den Kopf. »Ich will jetzt zu Papa.«

»Spielen wir heute kein Stück?« fragt Kasperl enttäuscht.

»Kein Stück?« kommt es wie ein Echo aus der Puppenkiste.

»Jetzt nicht«, sagt Katinka, »später vielleicht.« Und dann rennt sie in Papas Zimmer.

Papa sitzt mit dem Rücken zur Tür. Aber er dreht sich gleich nach ihr um und breitet die Arme aus. Mit einem Satz springt Katinka hinein.

Die Omama schüttelt den Kopf. »Nicht so wild!« sagt sie mahnend.

Eine Weile hält Katinka Papa bloß fest und schnuppert den Rauch seiner Pfeife. Es riecht ein bißchen wie Honig.

»Wenn Katinka dich stört«, sagt die Omama, »nehme ich sie mit in die Küche. Ihr seht euch ja nachher beim Essen.«

Aber Papa läßt Katinka nicht los und sagt, daß sie ihn wirklich nicht stört. Dann setzt er sie auf seinen Schoß.

Auf dem Schreibtisch liegen fünf verschlossene Umschläge, vier kleine weiße und ein großer brauner. Ein blauer mit schwarzer Tinte ist nicht dabei.

»Wo ist mein Brief?« fragt Katinka.

»Du hast keinen Brief bekommen«, sagt die Omama.

Papa sagt nichts. Er greift nach dem braunen Umschlag und beguckt ihn von vorn und von hinten.

»Aber ich ...«, sagt Katinka. »Aber der Postbote ...«

Die Omama schüttelt den Kopf. »Der Postbote hat sich bestimmt geirrt. Du siehst ja, für dich ist kein Brief dabei.«

Katinka hält die Augen gesenkt. Die Haare fallen ihr tief

ins Gesicht. Sie schaut Papa nicht an und die Omama auch nicht. Aber sie weiß, daß die beiden jetzt Blicke tauschen und sich damit etwas sagen, was man nicht hört.

Eine Zeitlang ist es in Papas Zimmer ganz still. Endlich putzt sich die Omama die Nase und sagt, daß sie sich bestimmt gestern im Garten einen Schnupfen geholt hat und daß ein Schnupfen im Sommer viel schlimmer ist als im Winter. Dann geht sie hinaus, weil sie sich um das Essen kümmern muß. An der Tür fragt sie noch einmal, ob Katinka wirklich nicht stört.

Papa sagt nein, und Katinka sagt gar nichts. Als die Omama draußen ist, hält sich Papa die Hand vor den Mund. Aber Katinka lacht diesmal nicht mit. Deshalb muß sie sich auch nicht die Hand vor den Mund halten.

»Erzähl mal!« sagt Papa. »Was hast du so alles erlebt?«

Katinka zuckt die Achseln. »Ooch, nichts Besonderes.«

»Und wie war's in der Schule?«

»Normal.« Sie schaut Papa nicht an. Sie will heute nicht erzählen. Vielleicht geht Zuhören einfacher. »Mach du mal!« sagt sie.

Papa ist ganz erleichtert. »Vorgestern war ich in Frankfurt«, erzählt er. »Da hab ich was Tolles gesehen.«

»Was denn?« fragt Katinka gehorsam.

»Rate!« sagt Papa.

»Eine schöne Kirche«, vermutet Katinka. In den meisten Städten gibt es schöne Kirchen. Warum nicht in Frankfurt?

Papa lächelt. »Keine Kirche«, sagt er. »Es hatte etwas mit deinem Geburtstag zu tun.«

Jetzt hebt Katinka den Blick. »Der Brief hatte vielleicht auch was mit meinem Geburtstag zu tun.«

Aber Papa schüttelt den Kopf. »Welcher Brief denn bloß?« fragt er. »Da war kein Brief. Das mußt du der Omama glauben.«

Ich hab ihn aber gesehen! denkt Katinka. Ich hab meinen Namen gelesen, und die Schrift hab ich auch erkannt! Sie möchte es nicht nur denken, sie möchte es auch sagen. Aber es geht nicht.

Die Omama lügt, denkt Katinka. Und der Papa lügt auch. Das kann sie erst recht nicht sagen. Stumm rutscht sie von Papas Schoß.

»Was ich in Frankfurt gesehen habe«, sagt Papa schnell, »war ein Geburtstagsgeschenk. Soll ich den ersten Buchstaben sagen?«

»Nein«, antwortet Katinka. »Es dauert ja noch lange bis zu meinem Geburtstag. Noch fast zwei Wochen.«

Sie könnte Papa jetzt fragen, wen sie einladen darf. Aber sie hat keine Lust. Langsam geht sie zur Tür.

Enttäuscht schaut Papa ihr nach. »Bleibst du nicht noch?«

Katinka schüttelt den Kopf.

Kasperl sagt Katinka die Meinung

Zuerst macht Katinka Papas Tür hinter sich zu und dann ihre eigene. Ihre Arme und Beine fühlen sich an wie aus Holz. Steif setzt sie sich auf die Bettkante.

Kasperl schaut herüber. Aber er singt nicht, und er sagt auch nichts. Manchmal weiß er, wann er den Mund halten muß.

Katinka ist die erste, die etwas sagt. Sie murmelt: »Die Omama hat gelogen. Und der Papa auch.«

Kasperl gibt keine Antwort. Vielleicht muß er erst nachdenken über das, was Katinka gesagt hat.

Statt dessen kichert der Teufel. »Große Leute lügen. Hast du das nicht gewußt?«

»Aber mein Papa doch nicht!« sagt Katinka.

»Dein Papa ist ein Papa wie alle anderen«, behauptet der Teufel.

»Er hat mich noch nie belogen!« entgegnet Katinka empört.

Wieder kichert der Teufel. »Du hast es bloß nie gemerkt.«

Jetzt wird Kasperl munter. Er schwingt ein Bein über den Rand der Puppenkiste und gibt dem Teufel mit der Pritsche eins auf die Hörner. »Halt die Klappe!« ruft er. Dann schaut er Katinka fest in die Augen. »Was hast du denn deinem Papa gesagt?«

»Gar nichts«, antwortet Katinka.

»Und deiner Omama?«

»Auch nichts.«

»Wie immer«, stellt Kasperl fest. Und Katinka nickt.

»Warum traust du dich nie?« fragt Kasperl.

»Weißt du doch«, sagt Katinka. »Sie sind eben stärker als ich.«

Kasperls Stimme klingt ärgerlich. »Wenn du so weitermachst, werden sie das auch bleiben.«

Katinka fragt: »Bist du mir böse?«

»Nö!« Kasperl schüttelt den Kopf. »Ich mußte dir bloß mal meine Meinung sagen.«

»Sing mir lieber ein Lied!« bittet Katinka. »Und nachher spielen wir was.«

Da kann Kasperl nicht anders. Er singt:

»Tri-tra-trullalla,
der Papa und die Omama,
die haben heute Mist gebaut.
Tri-tra-trullallaut.«

Er macht eine Pause. Doch als Katinka ihm zunickt, singt er schnell weiter:

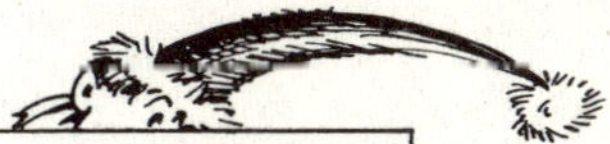

»Der Kasperl ist ein frecher Wicht.
Der Kasperl der hat Mut.
Katinka aber traut sich nicht.
Das findet keiner gut.«

In diesem Augenblick schiebt Seppel seinen Federhut über den Rand der Puppenkiste. Und dann klettert er selbst hinterher. »Jetzt laß mal Katinka in Ruhe!« sagt er. »Es kann schließlich nicht jeder so 'ne große Klappe haben wie du.«

Das Krokodil macht sein Maul auf und zu. »Grrrrrh!« knurrt es dabei. »Ich habe sowieso die größte Klappe von allen.«

»Mach sie schleunigst zu!« schnauzt der Polizist.

»Und spiel dich nicht immer so auf!« brummt der Räuber.

»Was ist denn hier wieder los?« fragt der König.

»Müßt ihr schon wieder zanken?« lispelt die Prinzessin.

Der Teufel drängt einen nach dem anderen zur Seite. »Ich will mitzanken!« ruft er. »Ich meine, ich will mitspielen!«

»Meinetwegen«, nickt Kasperl. »Dann fangen wir jetzt an.«

»Deine Großmutter fehlt noch«, stellt Katinka fest.

»Müssen wir sie eben rufen!« sagt Kasperl. Und dann rufen sie alle zusammen nach der Großmutter.

Beim drittenmal kommt sie. Sie war in der Küche und so in ihr Kochbuch vertieft, daß sie gar nichts gehört hat.

»Macht doch nix, Großmutter!« ruft Kasperl. »Jetzt bist du ja da. Was spielen wir denn für ein Stück?«

Alle schauen Katinka an. Sie überlegt einen Augenblick. Dann sagt sie langsam: »Ein Stück von einem verschwundenen Brief.«

»Ach«, wundert sich Kasperl, »letztes Mal sollte ein Fisch verschwinden.«

»Ja«, sagt Katinka. »Aber der Brief muß unbedingt wieder auftauchen.«

»Na gut«, nickt Kasperl, »mir wird schon was einfallen.«

Da holt Katinka schnell ihre Briefmappe. Sie nimmt einen blauen Umschlag heraus und den passenden Bogen dazu. Beides brauchen sie für das Stück.

Kasperl klatscht in die Hände. »Bravo, bravissimo!« ruft er. »Dann geht es jetzt los.«

Kasperl und der blaue Brief

Kasperl geht wieder mal durch den Wald. Wieder mal ist er gut gelaunt. Obwohl er diesmal keinen Fisch unter dem Arm trägt. Er hat überhaupt kein Gepäck. Leichtfüßig springt er den Weg entlang und singt vergnügt vor sich hin:

»Tri-tra-trullalla,
ich geh zu meiner Großmama.
Ich bring ihr heute leider nix.
Tri-tra-trullallix.
Die Großmama ist trotzdem froh
und ruft: ›O welch ein Glück!‹
Sie liebt den Kasperl sowieso.
Er ist ihr bestes Stück.«

Da kommt ihm jemand entgegen. Aber diesmal ist es nicht Seppel, sondern der Teufel.

»Hallo, Kasperl!« sagt der Teufel. »Wo willst du denn hin?«

»Zu meiner Großmutter«, sagt Kasperl. Er gibt höflich Auskunft. Noch hat ihm der Teufel ja nichts getan.

»Schon wieder zu deiner Großmutter?« fragt der Teufel. »Komm doch lieber mit mir!«

»Mit dir?« Kasperl zögert. »Wohin denn?«

»Im Dorf ist Jahrmarkt. Mit Achterbahn und Kettenkarussell. Mit gebrannten Mandeln und Zuckerwatte und Bratwurst.«

»Bratwurst auch?« Kasperl kriegt blitzblanke Augen.

»Die beste Bratwurst, die du dir vorstellen kannst. Außen ganz knusprig und innen ganz saftig.«

»Mmmm«, macht Kasperl und leckt sich die Lippen. Aber er traut dem Teufel nicht so recht über den Weg. »Geh nur allein!« sagt er. »Meine Großmutter wartet auf mich. Bestimmt hat sie einen Kuchen gebacken. Bratwurst vom Jahrmarkt ist gut. Aber Kuchen aus Großmutters Küche ist auch nicht schlecht.«

»Heute hat sie ihn zu lange im Ofen gelassen«, behauptet der Teufel. »Es roch ganz verbrannt, als ich eben vorbeikam.«

»Das glaube ich dir nicht«, sagt Kasperl. »Großmutter paßt immer gut auf.«

»Wahrscheinlich wird sie alt«, meint der Teufel. »Sie ist auf der Küchenbank eingeschlafen.«

»Woher weißt du das?«

»Das Fenster stand offen. Ich konnte riechen, wie der Kuchen verbrannte. Und ich konnte sehen, wie die Großmutter schlief.«

»Warum hast du sie denn nicht geweckt?«

»Habe ich ja! Obwohl es nicht leicht war. Sie wollte und wollte nicht wach werden. Als sie aufhörte zu schnarchen, war der Kuchen schwarz. Sie hat ihn gleich in den Mülleimer geworfen.«

»Die Arme!« seufzt Kasperl. »Ich muß sie schnell trösten.«

»Tu das nicht!« sagt der Teufel. »Ich glaube, sie möchte lieber allein sein. Jedenfalls hat sie dauernd gejammert: ›Wenn bloß mein Kasperl heute nicht kommt!‹«

»Das glaube ich dir erst recht nicht!« ruft Kasperl. »Es paßt nicht zu meiner Großmutter. Sie freut sich ja jedesmal über meinen Besuch, ganz gleich was passiert ist.«

»Diesmal wird sie dir höchstens die Ohren volljammern. Und Kuchen gibt es auch nicht.«

»Das ist mir egal«, sagt Kasperl. »Ich gehe zu ihr.«

»Mach, was du willst!« knurrt der Teufel. »Ich gehe lieber Karussell fahren und Bratwurst essen.« Schon braust er davon.

Kasperl schaut ihm einen Augenblick nach. »Der Mistkerl!« sagt er. »Ich glaube, er wollte nicht, daß ich zur Großmutter gehe. Ich muß unbedingt herausfinden, warum.«

Die Großmutter steht in ihrer Küche am offenen Fenster und schaut hinaus in den Wald. Sie hat den Tisch schön gedeckt – mit Tellern und Tassen, mit Kaffee und

Kuchen, mit Zucker und Sahne und mit einem bunten Blumenstrauß obendrein.

»Ja, wo bleibt denn mein Kasperl?« seufzt sie. »Um drei Uhr wollte er hiersein. Und jetzt haben wir schon fast halb vier. Hoffentlich ist ihm nichts passiert!«

Aber da hört man draußen im Wald Kasperls Stimme:

»Tri-tra-trullalla,
ich geh zu meiner Großmama.
Sie wartet sicher schon auf mich.
Tri-tra-trullallich.«

Die Großmutter ist ganz erleichtert. »Gott sei Dank!« ruft sie. »Jetzt können wir Kaffee trinken und Kuchen essen.«

Kasperl tritt ein und nimmt sie fest in den Arm. »Grüß dich, Großmutter!« sagt er. »Es ist dir doch recht, daß ich komme?«

»Natürlich ist es mir recht. Ich habe mich ja schon den ganzen Tag auf dich gefreut. Und Kuchen habe ich auch gebacken. Sieht er nicht lecker aus?«

»Und wie!« ruft Kasperl entzückt. »Fabelhaft braun und kein bißchen verbrannt!«

»Verbrannt?« Da ist die Großmutter aber beleidigt. »In meinem ganzen Leben ist mir noch kein einziger Kuchen verbrannt.«

Kasperl nimmt sie gleich noch einmal fest in den Arm. »Hätte ja sein können, daß du ein bißchen eingenickt bist.«

»Eingenickt? Du meinst, ich hätte geschlafen? Aber

Kasperl! Ich schlafe nie, wenn ich einen Kuchen im Ofen habe!«

»Das weiß ich ja, Großmutter. Ich wollte es nur noch mal von dir hören.«

»Hat dir vielleicht jemand etwas anderes erzählt?«

Kasperl nickt. »Jemand, den wir beide nicht leiden können.«

»Soso«, sagt die Großmutter. »Ich möchte wohl wissen, was der sich dabei gedacht hat.«

»Ja«, antwortet Kasperl, »ich auch!« Aber mehr will er nicht verraten. Beide setzen sich nun an den Tisch. Denn Kaffeedurst und Kuchenappetit haben sie trotzdem.

»Hör mal«, sagt die Großmutter nach einer Weile, »da ist heute morgen ein Brief für dich gekommen.«

»Oh, von wem denn?« ruft Kasperl.

»Von der Prinzessin. Ein königlicher Bote hat ihn gebracht.«

»Von der Prinzessin? Was schreibt sie? Wo ist der Brief?«

»Guck mal auf die Fensterbank! Der Bote hat ihn da hingelegt, weil ich Mehl an den Händen hatte.«

Kasperl rennt gleich ans Fenster. Aber da liegt nichts. Die Großmutter holt ihre Brille und hilft ihm suchen. Doch den Brief finden sie beide nicht.

»Das ist ja merkwürdig«, sagt die Großmutter. »Es war ein blauer Brief, und er hat ganz bestimmt da gelegen.«

»Hm«, macht Kasperl, »was stand denn auf dem Umschlag?«

»An den braven Kasperl mit der Zipfelmütze.«

»Hm«, macht Kasperl noch einmal, »dann war er wirklich für mich. Vielleicht ist der Brief unter den Teppich gerutscht.« Aber auch unter dem Teppich liegt kein blauer Brief.

»Hm«, macht Kasperl zum drittenmal, »ist denn jemand im Haus gewesen?«

Die Großmutter schüttelt den Kopf. »Nein, nur der Teufel ging draußen vorbei. Das Fenster stand offen, aber er hat nicht mal gegrüßt. Da habe ich ihm einfach den Rücken zugedreht.«

»Das war ziemlich leichtsinnig, Großmutter.«

»Ich mußte doch meinen Kuchen in den Ofen schieben. Als ich ihn drin hatte, war der Kerl wieder weg.«

»Genau wie mein Brief.«

Die Großmutter ist ganz entsetzt. »O Kasperl!« ruft sie. »Du meinst, der Teufel hat ihn genommen?«

»Ja, das meine ich, Großmutter.«

»O Kasperl, es tut mir so leid! Ich hätte besser aufpassen müssen.«

»Laß nur, Großmutter! Ich werde den Brief schon wiederkriegen. Aber vorher esse ich noch ein Stück Kuchen.«

Ein Glück, daß es Kasperl den Appetit nicht verhagelt hat! Fix legt die Großmutter ihm ein neues Stück auf den Teller – extra groß, extra saftig und extra schön braun.

Da ertönt vor dem Fenster eine fröhliche Stimme: »Hallo, Kasperl! Hallo, Großmutter! Seid ihr zu Hause?« Vor dem Fenster ist einer ganz außer Atem. Und sehr gut gelaunt.

Es klopft an die Tür, und schon kommt Seppel herein.

Mit einem blauen Brief in der Hand. Ist das Kasperls Brief? Der von der Fensterbank? Der, den der Teufel geklaut hat?

O nein, das ist ein anderer Brief! Er sieht zwar genauso aus, doch auf dem Umschlag steht: An den lustigen Seppel mit dem Federhut. Es ist kein Irrtum möglich.

»Aber Kasperl!« ruft Seppel. »Hast du denn nicht auch so einen Brief gekriegt? Er kommt von der Prinzessin und ist eine Einladung zu ihrem Geburtstag.«

Da erzählen ihm Kasperl und die Großmutter immer abwechselnd, was geschehen ist: vom Teufel, vom Jahrmarkt, vom Kuchen, vom offenen Fenster und vom verschwundenen Brief. Es geht alles ziemlich durcheinander. Aber Seppel versteht sie trotzdem.

Anschließend nimmt er seinen Brief aus dem Umschlag und liest ihn vor: »Am Sonntag feiert die Prinzessin ihren Geburtstag. Alle Empfänger dieses Briefes sind herzlich dazu eingeladen. Im Schloß warten Musik, Tanz und lustige Spiele, Sahnetorte und Hähnchen am Spieß, heiße und kalte Getränke. Beginn sieben Uhr abends. Diese Einladung unbedingt mitbringen!«

»Hört sich gut an«, meint Kasperl. Natürlich will er da auch hin. Natürlich will er den blauen Brief wiederhaben.

»Hier steht noch was«, sagt Seppel, »ganz klein unten drunter.« Tatsächlich, da stehen vier Buchstaben: U. A. w. g.

»Was heißt das denn?« fragt Seppel.

»Ich weiß!« sagt Kasperl. »Um acht wird getanzt.«

Die Großmutter lacht. »Nein, es heißt: Um Antwort

wird gebeten. Seppel soll der Prinzessin schreiben, ob er kommt oder nicht.«

Ach so! Ja, die Großmutter ist wirklich schlau. Tatsächlich findet Seppel im Umschlag noch eine kleine Karte. Da schreibt er drauf, daß er kommt. Und wie geht es jetzt weiter?

»Ist doch klar!« sagt die Großmutter. »Der königliche Bote holt die Karten wieder ab. Dann weiß die Prinzessin, wer kommt.«

Pause. Längere Pause. Kasperl und Seppel sehen sich an.

»Großmutter?« fragt Kasperl. »Und wo holt der Bote sie ab?«

»Na, da, wo er den Brief heute früh hingebracht hat.«

Kasperl strahlt plötzlich übers ganze Gesicht. »Das«, sagt er, »muß ich so schnell wie möglich dem Teufel erzählen.«

Bald darauf wandern Kasperl und Seppel Seite an Seite durch den Wald. Seppel kaut. Die Großmutter hat ihm rasch noch ein Stück Kuchen in die Hand gedrückt. Kasperl hält Ausschau nach dem Teufel.

Fürs erste treffen sie den König und die Prinzessin. Die waren bei der Kräuterfrau und haben für die Hähnchen am Spieß allerlei Grünzeug geholt. Die Prinzessin hat es ausgesucht, und der König trägt ihr den Korb.

Kasperl fragt: »Bin ich Sonntag eigentlich auch eingeladen?«

»Aber sicher!« ruft die Prinzessin. »Hast du denn meinen Brief nicht bekommen? Der Bote sollte ihn bei deiner Großmutter abgeben.«

Also, das hat der Bote ja auch getan. Rasch erzählt Kasperl die ganze Geschichte – wie der Brief verschwand und daß ihn bestimmt der Teufel stibitzt hat.

»Ach, Kasperl, das macht nichts!« ruft die Prinzessin. »Ich schreibe dich gleich auf die Gästeliste. Und am Sonntag wird dich die Wache auch ohne Einladung vorbeilassen.«

Damit sind alle zufrieden. Bis auf den König. Natürlich soll Kasperl am Geburtstag seiner Tochter dabeisein. Aber daß der Teufel jetzt ebenfalls eine Einladung hat, gefällt ihm überhaupt nicht. Den Teufel möchte er nämlich auf gar keinen Fall im Schloß haben!

»Reg dich nicht auf, Majestät!« sagt Kasperl. »Ich sorge dafür, daß der Dieb meinen Brief wieder rausrückt. Ich weiß auch schon, wie.«

Na, da kann der König mit seiner Tochter also ganz beruhigt nach Hause gehen.

Kasperl und Seppel wandern weiter. Leider finden sie den Teufel immer noch nicht. Nur das Krokodil läuft ihnen über den Weg. Wie immer klappt es sein Maul auf und zu. Es träumt schon von Sahnetorte und Hähnchen am Spieß. Irgend jemand hat ihm nämlich vom Geburtstag der Prinzessin erzählt. Eine Einladung hat es zwar nicht bekommen. Aber vielleicht braucht man oben auf dem Schloß ja noch einen Hilfsdiener, der den Hähnchenspieß dreht oder die Sahnetorte serviert.

»Also, weißt du«, sagt Kasperl, »ich glaube zwar nicht, daß für diese Aufgaben ausgerechnet Krokodile gesucht werden. Aber fragen kannst du ja mal.«

»Bin schon unterwegs«, antwortet das Krokodil. »Habe beste Empfehlungen.« Klappe auf, Klappe zu. Und weg ist es.

Kasperl und Seppel werden allmählich müde. Und immer noch ist kein Teufel in Sicht. Statt dessen begegnen ihnen der Polizist und der Räuber. Arm in Arm und ungewöhnlich fidel.

»Merkst du was, Kasperl?« fragt Seppel. »Die beiden haben einen über den Durst getrunken.«

Ja, das haben die beiden zweifellos. Sie kommen vom Jahrmarkt. Der Räuber hat dem Polizisten ein Bier nach dem anderen spendiert und aufgepaßt, daß er selbst dabei nicht zu kurz kam. Nun stützen sie sich gegenseitig, und trotzdem schwanken sie noch.

»He, Kasperl! He, Seppel!« ruft der Räuber. »Ihr seid zwei und dann noch zwei.«

Kasperl grinst. »Das haben wir noch gar nicht gemerkt.«

»Zwei und zwei sind vier«, sagt der Polizist. »Das liegt bestimmt am Bier. Höhöhöhö.«

»Ganz sicher!« sagt Seppel und kratzt sich unterm Hut. »Wart ihr auf dem Jahrmarkt?«

Die beiden nicken.

»Habt ihr vielleicht den Teufel gesehen?«

Ja, der Polizist und der Räuber haben sogar zwei Teufel gesehen. Alle beide auf dem Kettenkarussell. Und dann noch mal zwei. Alle beide an der Bratwurstbude.

»In dem Fall sind zwei und zwei ebenfalls vier«, sagt Kasperl. »Das liegt bestimmt auch am Bier. Höhöhöhö.« Wer zuviel trinkt, sieht doppelt. Das weiß man ja.

Der Polizist und der Räuber wissen es offenbar nicht. Sie haken sich unter und schwanken davon. Dazu grölen sie:

»Herrlich schmeckt uns das Bier!
Wir trinken gern drei oder vier.
Wir trinken auch fünf und noch mehr.
Das Trinken fällt uns nicht schwer.«

Kasperl schaut ihnen nach. »Das glaube ich euch«, sagt er. »Aber eure Kopfschmerzen möchte ich morgen nicht haben.«

Kasperl und Seppel gehen weiter und kommen an eine Bank. Da sitzt der Teufel. Na endlich! Und er studiert einen blauen Brief. Was für ein Glück! Es ist bestimmt der, den er Kasperl geklaut hat. Gar keine Frage!

Kasperl und Seppel setzen sich mit auf die Bank, der eine links, der andere rechts. Der Teufel möchte am liebsten auf und davon. Aber das lassen die beiden nicht zu.

»Du, Teufel«, sagt Kasperl, »was ist denn das für ein Brief?«

»Er kommt von der Prinzessin«, erwidert der Teufel. »Sie hat mich zu ihrem Geburtstag eingeladen.«

»Aha«, sagt Seppel, »mich auch.« Er holt seinen Brief aus der Hosentasche. Mit Umschlag natürlich. »Guck, was hier steht! An den lustigen Seppel mit dem Federhut.«

»Was steht denn bei dir drauf?« fragt Kasperl. »Zeig doch mal!«

»Den Umschlag habe ich leider zu Hause gelassen«,

behauptet der Teufel. »Es stand drauf: An den liebenswürdigen Teufel mit den schwarzen Hörnern.«

»So – liebenswürdig!« sagt Kasperl. Und Seppel erkundigt sich: »Hat der Bote deine Antwort schon abgeholt?«

»Welche Antwort denn?« fragt der Teufel.

»Ob du kommst oder nicht«, erklärt Seppel und zeigt ihm seine eigene Karte.

»So eine habe ich nicht gefunden«, sagt der Teufel. »Bestimmt steckt sie noch im Umschlag.«

»Aber du mußt sie schnell ausfüllen!« ruft Kasperl. »Der Bote holt sie heute nachmittag ab.«

»Wo denn?« will der Teufel wissen.

Kasperl und Seppel sehen sich an. »Na, da, wo er den Brief heute morgen hingebracht hat«, sagen sie gleichzeitig.

Der Teufel denkt nach. Und dann hat er es plötzlich sehr eilig. Er will nach Hause und der Prinzessin schreiben, daß er am Sonntag kommt. Er will die Karte auf seine Fußmatte legen. Da hat er den Brief nämlich heute morgen gefunden. Behauptet er. Und braust durch die Luft davon.

Kasperl und Seppel reiben sich die Hände. Das hat ja prima geklappt. Kann schon sein, daß der Teufel nach Hause braust. Kann schon sein, daß er die Karte sucht. Kann schon sein, daß er sie ausfüllt. Aber danach wird er bestimmt zu Kasperls Großmutter schleichen und seine Antwort heimlich auf die Fensterbank legen.

»Dabei erwischen wir ihn!« ruft Kasperl.

»Dabei schnappen wir ihn!« ruft Seppel.

Dann machen sie sich schnell auf den Weg zur Groß-

mutter. Sie müssen dort sein, ehe der Teufel kommt. Sie müssen der Großmutter alles erklären. Und anschließend müssen sie sich verstecken.

Kasperl schlüpft in die Ecke neben dem Herd. Seppel kriecht unter den Tisch. Die Großmutter setzt sich in ihren Ohrensessel und tut so, als ob sie schläft.

Kaum haben die drei ihre Plätze eingenommen, braust der Teufel herbei. Vor dem offenen Fenster läßt er sich nieder und späht in die Küche. Er hört, wie die Großmutter schnarcht. Das freut ihn natürlich. Leise, leise legt er die Karte für die Prinzessin auf die Fensterbank.

Da springt Kasperl mit einem Satz aus seinem Versteck und packt ihn am Arm. Seppel springt gleich hinterher und faßt ihn im Genick. Die Großmutter hört auf zu schnarchen und klatscht in die Hände. Dabei ruft sie: »Haltet den Dieb!«

»Keine Angst!« lachen Kasperl und Seppel. »Wir sind schon dabei!«

Der Teufel jammert und zetert und heult. Er spuckt Gift und Galle. Er faucht vor Zorn. »Loslassen!« schreit er. »Sofort! Auf der Stelle!«

»Gib mir zuerst meinen Brief!« verlangt Kasperl.

»Welchen Brief?« wimmert der Teufel.

»Du weißt schon«, sagt Seppel, »den blauen, den du geklaut hast.«

Rums, wird der Teufel geschüttelt. Bums, stößt sein Kopf gegen die Fensterbank. Ganz benebelt greift er mit der einen Hand unter seinen Umhang und holt den Brief heraus. Mit Umschlag und Adresse.

»Lies vor!« befiehlt Kasperl. »Aber laut und deutlich.«

Der Teufel knurrt.

»Nun mach schon«, sagt Seppel. Rums! Bums!

Und der Teufel liest stotternd vor, was da steht: »A-a-an den braven K-K-K-Kasperl mit der Zipfelmütze.«

Na also! Warum nicht gleich so? Kasperl nimmt seinen Brief, und der Teufel ist frei. Zuerst frei und gleich darauf weg.

»Rache!« brüllt er von weitem. Aber das nehmen Kasperl und Seppel nicht ernst. Auch die Großmutter kann nur drüber lachen. Dann füllt sie den Wasserkessel. Denn frischen Kaffee und ein Stück Kuchen können sie jetzt alle drei brauchen.

»Und ob!« sagt Seppel und setzt sich gleich an den Tisch.

Kasperl holt Tassen und Teller. Dazu singt er sein Lied:

»Tri-tra-trullalla,
es lebe Kasperls Großmama!
Tri-tra-trullallaus,
Kasperls Stück ist damit aus.«

Die Prinzessin hat eine Idee

Katinka ist mit dem Stück sehr zufrieden. Auch mit dem Schluß. Und mit den Schauspielern sowieso. Wieder klatscht sie, bis alle auf die Bühne kommen und sich verbeugen. Kasperl und Seppel zuerst. Dann die Großmutter. Und gleich hinter ihr der Teufel. Der strahlt diesmal übers ganze Gesicht und drängt die anderen einfach beiseite.

»Vielen Dank für den Applaus!« sagt er. »Die Rolle hat mir Spaß gemacht. Eigentlich war es die Hauptrolle. Ohne mich hättet ihr das Stück gar nicht spielen können.«

Ja, da hat er schon recht. Auch wenn er zum Schluß keine gute Figur mehr gemacht hat. Schließlich haben ihn Kasperl und Seppel rums-bums zur Strecke gebracht. Und den blauen Brief haben sie ihm auch wieder abgenommen.

»Das gehörte eben zum Stück!« sagt der Teufel. »Ich habe es ja nur gespielt. Aber wie ich es gespielt habe!«

»Ganz toll!« ruft Katinka. »Richtig schön teuflisch!«

Nun kriecht das Krokodil aus den Kulissen. »Grrrrrh, meine Rolle war diesmal leider sehr klein«, grollt es.

»Kleine Rollen sind auch wichtig«, meint die Großmutter. »Es kommt ganz darauf an, was man daraus macht.«

Der Polizist und der Räuber stimmen ihr zu. Sie haben ebenfalls nur einen einzigen Auftritt gehabt. Aber was für einen! Haben sie nicht wunderbar geschwankt und gegrölt? Doch, das haben sie. Sogar der König und die Prinzessin müssen das zugeben. Als vornehme Leute fanden sie die ganze Sache zwar ein bißchen gewöhnlich, aber gelacht haben sie trotzdem.

Katinka lacht auch. Jetzt geht es ihr gut. Viel besser als vorher. Das kommt, weil der blaue Brief wieder da ist. Im Stück jedenfalls. Ach, wenn doch ihr eigener Brief in Wirklichkeit auch wieder da wäre!

»Was war denn das für ein Brief?« fragt Kasperl. »Erzähl mal!«

Und Katinka erzählt von dem blauen Brief mit der schwarzen Schrift, den der Postbote der Omama gegeben hat und der dann seltsamerweise auf dem Weg zu Papas Schreibtisch verschwand.

»Hehehe«, lacht der Teufel, »die Omama hat ihn geklaut!«

»Jedenfalls hat sie ihn verschwinden lassen«, sagt der Räuber. »Und sogar ziemlich geschickt.«

»Aber warum?« fragt Katinka. »Es stand ganz bestimmt mein Name drauf.«

»Ich weiß, was draufstand!« ruft Seppel. »An die liebe Katinka mit den nußbraunen Augen.«

Die anderen nicken. Ja, diese Adresse halten sie durchaus für möglich. Und die Omama hat sie gelesen.

»Sie denkt, du hast nichts gemerkt«, sagt Kasperl. »Sie denkt, du bist klein und dumm.«

»Bin ich gar nicht«, erwidert Katinka empört.

»Das wissen wir«, nickt Kasperl. »Aber deiner Omama mußt du es endlich mal klarmachen.«

Katinka schweigt.

»Was hat denn dein Papa gesagt?« erkundigt sich die Prinzessin.

»Da war kein blauer Brief, hat er gesagt.«

»Und glaubst du ihm das?«

Katinka zögert.

»Ach was«, sagt Seppel, »Katinka ist doch nicht blöd!«

Nein, natürlich ist Katinka nicht blöd. Davon sind alle

fest überzeugt. Und alle wollen ihr helfen. Der König will umgehend ein Machtwort sprechen. Der Polizist will Papa mit auf die Wache nehmen. Seppel will morgen den Postboten fragen. Der Räuber will den Brief überall suchen. Und das Krokodil will die Omama in den Hintern beißen. Dann wird sie schon mit der Wahrheit herausrücken.

Und Kasperl? Kasperl sagt ausnahmsweise gar nichts. Er guckt Katinka nur an.

»Hört mal!« ruft die Prinzessin. »Ich habe da eine Idee!«

»Wer's glaubt, zahlt einen Taler«, murmelt die Großmutter.

Aber Katinka möchte unbedingt wissen, was die Prinzessin für eine Idee hat.

»Es gibt sicher gleich Mittagessen«, sagt die Prinzessin. »Wenn du mich mitnimmst, rede ich mit deinem Vater.«

Kasperl schüttelt den Kopf. »Katinka müßte selbst mit ihm reden«, meint er. »Na ja, vielleicht kann sie was von dir lernen.«

»Was hat die Omama denn gekocht?« fragt das Krokodil. »Wenn es Braten gibt, komme ich auch mit.«

Aber das möchte die Prinzessin auf gar keinen Fall. Sie braucht keine Verstärkung. Mit Vätern kann sie gut umgehen. Ihren eigenen hat sie schon oft genug um den Finger gewickelt.

Katinka zupft ihr die seidene Schärpe zurecht und bedankt sich. Sie ist sehr froh, daß sie nicht allein zum Essen gehen muß. »Redest du auch mit der Omama?« fragt sie.

»Weiß ich noch nicht«, sagt die Prinzessin. »Mal sehen, ob sie nett zu mir ist!«

Katinka nickt. Das kann sie verstehen. Sie ist selbst sehr neugierig, was die Omama für ein Gesicht machen wird.

Handkuß und Tomatensuppe

Katinka wäscht sich die Hände, und die Prinzessin schaut zu. Dann gehen sie beide ins Wohnzimmer. Wenn Papa da ist, wird nicht in der Küche, sondern am großen Eßtisch gegessen.

Die Omama bringt gerade die Suppe herein.

Papa lächelt Katinka entgegen. Die Prinzessin begrüßt er sogar mit einer kleinen Verbeugung.

»Sehr erfreut!« sagt er. »Da speisen wir ja heute in ausgesprochen vornehmer Gesellschaft.«

Das gefällt der Prinzessin natürlich. Sie neigt anmutig den Kopf und reicht Papa ihr Händchen. »Ich freue mich auch«, antwortet sie. »Katinka hat mir schon viel von ihrer Familie erzählt.«

Papa weiß tatsächlich, daß jetzt ein kleiner Handkuß angebracht ist. »Ach, wirklich?« fragt er. »Hoffentlich etwas Nettes!«

Die Prinzessin zögert und wiegt bedenklich den Kopf. »Also, wenn ich ehrlich sein soll«, sagt sie, »einiges hat mir gar nicht gefallen.«

Papa ist ganz erschrocken. »Ja, was denn nur, Majestät?«

Die Prinzessin macht es sich kurzerhand auf der Tischkante bequem.

Papa hat nichts dagegen. Es sieht ganz so aus, als würde er sich gern noch mit ihr unterhalten. Aber die Omama runzelt die Stirn und teilt die Suppe aus. Sie sagt, daß jetzt gegessen wird. Da müssen alle gehorchen.

Die Prinzessin reckt neugierig den Hals. »Igitt, Tomatensuppe!« ruft sie. »Die mögen wir nicht. Ich nicht und Katinka auch nicht.«

»Setz dich ordentlich hin!« sagt die Omama. Selbstverständlich meint sie Katinka. »Bei Tisch wird nicht gespielt.«

»Gespielt?« fragt die Prinzessin. »Aber wir spielen ja gar nicht. Wir unterhalten uns doch bloß.«

Katinka betrachtet die dicke Suppe auf ihrem Teller. In der Mitte schwimmt auch noch ein Klecks Sahne.

»Sahne mögen wir auch nicht«, erklärt die Prinzessin.

»Unsinn«, sagt die Omama, »alle Kinder mögen Sahne.«

»Wir nicht!« beharrt die Prinzessin. »Wir sind sowieso nicht alle Kinder, sondern bloß zwei.«

Papa rührt nachdenklich in seiner Suppe. Die Sahne zieht eine weiße Spur. »Magst du wirklich keine Tomatensuppe, Katinka? Oder lügt die Prinzessin ein bißchen?«

Katinka schüttelt den Kopf. »Ich mochte noch nie welche.«

»Komisch«, sagt Papa, »das habe ich nie gemerkt. Du hast sie doch immer gegessen.«

Die Prinzessin kichert. »Aber am liebsten hätte Katinka sie wieder ausgespuckt.«

Die Omama schlägt mit der flachen Hand auf den Tisch. »Jetzt ist es genug!«

»Katinka«, sagt Papa, »vielleicht ist es wirklich besser, wenn die Prinzessin wieder ins Kinderzimmer geht.«

»Was soll ich da?« ruft die Prinzessin. »Ich bin schließlich zum Essen eingeladen. Auch wenn ich mir ehrlich gestanden etwas Besseres erhofft hatte.«

Papa muß lachen. »Na, dann bleib nur hier! Und wenn Katinka die Suppe nicht mag, soll sie die eben stehenlassen.«

»Kommt gar nicht in Frage«, sagt die Omama streng. »Kinder müssen ihren Teller leer essen. Auch dann, wenn es ihnen einmal nicht schmeckt!«

»Wieso denn?« fragt die Prinzessin erstaunt.

»Tja«, sagt Papa, »das hat die Omama schon gesagt, als ich noch ein kleiner Junge war.«

»Und?« fragt die Omama. »Hat es dir etwa geschadet?«

»Ich weiß nicht.« Papa denkt nach. »Milchreis mit Zucker und Zimt habe ich immer gehaßt.«

»Aber du hast ihn gegessen«, sagt die Omama stolz.

Papa nickt.

Die Omama strahlt. »Na, siehst du!«

»Und als du groß warst?« fragt Katinka.

»Als ich groß war, habe ich Milchreis mit Zucker und Zimt nicht mehr angerührt.«

Die Prinzessin kichert. »Verehrte Frau Omama«, sagt sie, »mir scheint, deine Erziehung war vollkommen vergeblich.«

Katinka lacht auch.

Da legt die Omama ihren Löffel so heftig auf den Teller, daß es ringsherum rote Spritzer gibt. »Jürgen!« ruft sie. »Ich bin ... Wie soll ich sagen? Ich bin ein bißchen erstaunt.«

»Wer ist Jürgen?« fragt die Prinzessin.

»Ich bin Jürgen«, sagt Papa.

»Oh, lieber Herr Jürgen«, flötet die Prinzessin, »es gefällt mir, daß Sie so ehrlich sind. Sagen Sie eigentlich immer die Wahrheit?«

»Ich bemühe mich wenigstens«, antwortet Papa.

»Und du, Frau Omama?« fragt die Prinzessin. »Hast du schon mal gelogen? Katinka hat mir vorhin so was erzählt. Von einem blauen Brief mit schwarzer Schrift. Zuerst war er da, und dann war er weg. Und dabei hatte der Postbote dir den Brief doch gegeben.«

»Jürgen!« ruft die Omama noch einmal. »Wenn du jetzt kein Machtwort sprichst, spreche ich eins.«

Die Prinzessin nickt. »O ja, Herr Jürgen! Du kannst ruhig ein Machtwort sprechen. Ich kenne das. Mein Vater spricht gelegentlich auch eins. Manchmal gehorche ich, manchmal auch nicht.«

»Na so was!« Papa ist sichtlich erstaunt. Das hätte er nicht von der Prinzessin gedacht.

Katinka freut sich.

»Wenn ich eine Großmutter hätte«, sagt die Prinzessin, »würde sie bestimmt auch gern ein Machtwort sprechen. Aber ich habe keine. Was für ein Glück!«

»Jürgen!« ruft die Omama wieder. »Das geht entschieden zu weit!«

Papa schiebt seinen Teller zurück. »Hör mal, Katinka«, sagt er, »ich glaube, die Prinzessin sollte jetzt wirklich lieber wieder ins Kinderzimmer gehen.«

»Oooch«, macht Katinka. »Sie hat ja noch gar nichts gegessen!«

Die Omama sammelt die Teller ein und trägt sie hinaus.

»Was gibt es als Hauptgericht?« ruft die Prinzessin ihr nach.

Die Omama schweigt. Sie bleibt lange Zeit in der Küche und klappert mit dem Geschirr.

»Ist sie böse auf mich?« fragt die Prinzessin.

Papa seufzt. »Auf mich bestimmt auch.« Er beugt sich vor und schaut Katinka eindringlich an. »Wir wollen sie nicht noch mehr aufregen, was meinst du?«

Katinka schüttelt den Kopf.

»Und was ist mit dem Brief?« fragt die Prinzessin empört. »Mit dem blauen Brief, den sie – weggemacht hat?«

Papa lauscht in die Küche hinüber und flüstert: »Wir reden ein andermal drüber.«

Katinka steht auf. Sie und die Prinzessin wollen jetzt gehen. Hat ja alles doch keinen Zweck. Und der Appetit ist ihnen beiden vergangen. Sie kümmern sich nicht um die Omama, die eben wieder hereinkommt. Sie schauen auch Papa nicht an.

»Katinka, was soll das bedeuten?« fragt die Omama und stellt ihr Tablett auf den Tisch. »Fleischklößchen magst du doch.«

»Die mußt du essen, Katinka!« sagt Papa. »Sonst ist die Omama sicher sehr traurig.«

Katinka geht weiter und gibt keine Antwort. Die Prinzessin allerdings dreht sich an der Tür noch mal um. »Frau Omama«, sagt sie, »du kannst ruhig traurig sein. Ja, das wünsche ich dir!«

»Aber Katinka!« ruft Papa.

»Ich bin nicht Katinka«, sagt die Prinzessin. »Und dir, Herr Jürgen, wünsche ich auch was. Nämlich Milchreis mit Zucker und Zimt. Und zwar eine ganz große Schüssel!«

Unverhoffter Besuch

Katinka geht mit der Prinzessin ins Kinderzimmer. Kasperl und die anderen haben schon ungeduldig gewartet. Besonders dem König fällt eine Trennung von seiner Tochter jedesmal schwer. Und Kasperl platzt fast vor Neugier. Als die Tür aufgeht, sitzt er am Rand der Puppenkiste und singt:

»Tri-tra-trullalla,
Katinka ist jetzt wieder da.
Prinzeßchen auch. Wie bin ich froh!
Tri-tra-trullallo.«

Katinka sagt nichts, und die Prinzessin sagt auch nichts.

»Wie war's denn?« schreit Kasperl. »Erzählt doch mal!«

Aber Katinka legt die Prinzessin einfach in die Puppenkiste und setzt sich selbst auf die Fensterbank. Sie schaut hinaus in den Garten. Das tut sie oft, wenn sie nachdenken muß.

Kasperl kann das gar nicht verstehen. »He, Katinka!« ruft er. »Was hat denn die Omama für ein Gesicht gemacht? Und was hat dein Papa gesagt?«

Katinka rührt sich nicht. Sie schaut Kasperl nicht an. Sie murmelt nur: »Ach, laß mich in Ruhe!« So etwas sagt sie ganz selten. Und wenn sie es sagt, hat sie dafür bestimmt einen Grund.

»Mußt du Aufgaben machen?« fragt Kasperl.

»Ja«, sagt Katinka, »das auch.«

»Was noch?« bohrt Kasperl.

Katinka schaut aus dem Fenster. »Sonst nix.«

»Hat die Prinzessin Mist gemacht?« erkundigt sich Kasperl.

Nein, die Prinzessin war gut! denkt Katinka. Aber die Sache hat trotzdem nicht geklappt. Laut sagt sie noch einmal: »Ach, laß mich in Ruhe!«

Kasperl seufzt. Soll er noch mehr Fragen stellen? Soll er sein Lied singen? Soll er ein neues Stück vorschlagen? – Nein, so, wie Katinka dasitzt und aus dem Fenster schaut, hat das gar keinen Zweck. Er muß sie wohl wirklich in Ruhe lassen und warten, bis sie ihn ruft. Irgendwann wird sie ihn brauchen. Das weiß er genau. Fürs erste läßt er sich rücklings in die Puppenkiste fallen.

»Grrrrrh«, macht das Krokodil. Tatsächlich besitzt es eine empfindliche Nase, und Kasperl hat einen unangenehm harten Schädel. Aber danach tritt Ruhe ein in der Kiste. Nur der König tuschelt noch ein Weilchen mit der Prinzessin.

Katinka denkt nach. Was werden die Omama und Papa wohl jetzt von ihr denken? Was werden sie sagen? Sind sie böse? Oder beleidigt? Haben ihnen die Fleischklößchen geschmeckt? Haben sie welche übriggelassen?

Katinka hat plötzlich Hunger. Vielleicht bekommt sie heute nichts mehr zu essen. Nicht mal zum Abendbrot. Vielleicht soll sie bestraft werden. Vielleicht kriegt sie auch nichts zum Geburtstag. Und darf niemanden einladen. Vielleicht muß sie in ihrem Zimmer bleiben, bis sie sagt, daß es ihr leid tut. Ihr und der Prinzessin.

Katinka kann nicht aufhören zu grübeln. Hat sie jetzt Streit mit der Omama und mit Papa? Will sie sich mit ihnen wieder vertragen? Kann man sich mit großen Leuten überhaupt streiten und wieder vertragen?

»Kasperl, was meinst du?« murmelt Katinka.

Aber Kasperl antwortet nicht. Er kann schließlich keine Gedanken lesen.

Katinka schaut aus dem Fenster. Sie sieht ein großes Stück Garten und ein kleines Stück Straße. Über das kleine Stück Straße fährt jetzt ein silbriges Auto mit Schiebedach und schwarzen Rädern. Katinka reckt den Hals. Sie weiß, wem das Auto gehört. Sie hat schon oft drin gesessen. Es gehört Philipps Mutter. Und Philipp sitzt auf dem Rücksitz. Er winkt zu Katinka hinauf. Hoffentlich fährt er nicht vorbei! Hoffentlich will er zu ihr! Hoffentlich schickt ihn die Omama nicht wieder weg!

Katinka rutscht von der Fensterbank und läuft in die Diele.

Die Omama steht schon an der Haustür und unterhält sich mit Philipps Mutter. Hoffentlich behauptet sie nicht, daß Katinka jetzt keine Zeit hat! Hoffentlich erzählt sie nicht, was beim Mittagessen passiert ist! Hoffentlich sagt sie nicht, daß Katinka bestraft werden muß!

Aber nein, die Omama lächelt ganz freundlich. Aha, Philipps Mutter muß dringend zum Zahnarzt. Oje, hoffentlich ist es nichts Schlimmes! Und Philipp möchte gern bei Katinka bleiben? Aber ja, das ist doch ganz selbstverständlich! Die beiden können im Garten spielen und sich einen schönen Nachmittag machen.

Philipp flitzt an der Omama vorbei und zu Katinka. »Freust du dich, daß ich da bin?«

O ja, Katinka freut sich!

Die Schatzkiste

Katinka und Philipp gehen in den Garten. Einen kleinen Tisch und zwei Klappstühlchen nehmen sie mit. Dann holen sie noch ein paar Spiele und den Puppenwagen. Philipp hat nichts gegen Puppen. Er mag sie sogar. Er füttert sie, er bürstet ihnen die Haare, er zieht sie aus und an. Er sagt: »Jetzt nehme ich mal das Baby!« Und dann wickelt er es, wie er das bei Katinka gelernt hat. Sie spielen Mutter, Vater und Kind. Philipp ist wirklich ein toller Vater.

Oh, wie kann Katinka Philipp gut leiden, wenn er gemeinsam mit ihr die Puppen versorgt! Wenn ihm das Spaß macht. Wenn er zuhört und lacht. Wenn er so aussieht, als ob er die blöde Tine vergessen hat.

Als die Puppen schlafen, spielen sie Mikado und Mühle. Philipp gewinnt. Auch das macht ihm Spaß. Katinka lächelt. Sie wollte gar nicht gewinnen.

Die Omama kommt und bringt einen Teller mit Kirschkuchen und zwei Becher Kakao. Sie fragt, ob es ihnen gutgeht und ob sie vielleicht noch einen Wunsch haben.

»Deine Oma ist aber nett heute«, sagt Philipp. Und da hat er recht. Jedenfalls, was den Nachmittag angeht.

Katinka ißt drei Stücke Kirschkuchen. Das kommt natürlich daher, daß sie kein Mittagessen gehabt hat. Doch darüber redet sie nicht.

Sie geht ins Haus und holt Kasperl und die Prinzessin. Leider will Philipp mit denen nicht spielen. Er will lieber das dicke Märchenbuch lesen und die bunten Bilder angucken. Das kann man sehr gut auch zu zweit. Katinka liest vor, Philipp hört zu. Und die Bilder betrachten sie beide gemeinsam.

Philipp sagt, daß Katinka besser lesen kann als er. Richtig toll mit Betonung. Und dann sagt er noch, daß er ein Eis jetzt auch richtig toll finden würde. Sie laufen ins Haus, und die Omama holt tatsächlich für jeden eins aus der Kühltruhe, Vanille mit Mandarine für Philipp und Schoko mit Nuß für Katinka. Damit setzen sie sich wieder in den Garten und stecken über dem Buch die Köpfe zusammen. Manchmal wirft Katinka einen besorgten Blick auf Kasperl und die Prinzessin. Aber die sind ja zum Glück auch zu zweit und brauchen im Moment keine weitere Gesellschaft.

Vorlesen macht müde, Zuhören auch. Also klappen Katinka und Philipp nach einer Weile das dicke Märchenbuch zu und überlegen, was sie jetzt machen wollen.

Etwas ganz Schönes! denkt Katinka. Etwas Besonderes! Etwas, das Philipp noch mit keinem gespielt hat! Mit Tine schon gar nicht. Und dann fällt es ihr ein. Sie wird ihm ihre Schatzkiste zeigen. Mit all den Schätzen, die sie gesammelt hat.

»Ich komm gleich wieder!« ruft sie und rennt ins Haus,

rennt in ihr Zimmer. Niemand darf sehen, wo sie ihre Schatzkiste versteckt. Auch Philipp nicht.

Ihre Schatzkiste liegt in der untersten Schublade der alten Kommode. Bei den Sachen, mit denen Katinka schon längst nicht mehr spielt. Sie liegt in der äußersten Ecke. Hinter der Kinderpost und dem Memory, von dem ein paar Kärtchen fehlen. Sie war mal ein alter Schuhkarton. Aber das sieht man ihr nicht mehr an. Katinka hat sie von allen Seiten beklebt und bemalt und obendrein mit einer goldenen Kordel verschnürt. Die Schleife ist keine gewöhnliche Schleife, sondern hat mindestens fünf Knoten. Man muß lange pulen, ehe sie aufgeht.

Katinka zerrt ihre Schatzkiste hervor und trägt sie zu Philipp. Die Omama schaut ihr kopfschüttelnd nach. »Mußt du so viel nach draußen schleppen? Nachher räumst du ordentlich auf. Das sage ich dir.«

Philipp findet die Schatzkiste toll. Er kommt gar nicht auf die Idee, daß sie mal ein alter Schuhkarton war. Natürlich will er sofort wissen, was drin ist. Er zieht und zupft an der Kordel.

»Laß mich!« sagt Katinka. Sie pult und pult. Endlich löst sich die Schleife. Der Deckel hebt sich.

»Ooooh!« macht Philipp ganz überwältigt.

Genau das hat sich Katinka gewünscht. Sie packt ihre Schätze vorsichtig aus:
eine weiße Rose vom Jahrmarkt,
einen silbernen Ring aus einer Wundertüte,
einen Bimsstein mit einem Gespenstergesicht,
einen Pinguin aus Porzellan, so groß wie ihr Daumen,

einen kleinen roten Ball, der hoch in die Luft springt, ohne daß man ihn auftitscht,
eine rosa Muschel mit schwarzem Rand,
ein winziges blaues Auto mit beweglichen Rädern,
einen Kristallklunker vom alten Kronleuchter auf dem Speicher,
eine grün-weiß gestreifte Murmel, die aussieht wie ein Pfefferminzbonbon,
ein Papierschirmchen von einem Eisbecher,
eine pechschwarze Vogelfeder mit gelbem Kiel,
ein Vergrößerungsglas im Samtfutteral,
ein Glanzbildchen mit zwei schnäbelnden Tauben
und ganz zuunterst
das Foto einer jungen Frau mit einem ziemlich kleinen Kind auf dem Arm.

»Wahnsinn!« ruft Philipp. »Wer ist das?«

Mit »Wahnsinn!« meint er die ganze Sammlung. Mit »Wer ist das?« meint er das Foto.

Katinka nimmt es ihm aus der Hand und legt es in den Karton zurück. »Das bin ich«, erklärt sie, »mit meiner Mama.«

»Da warst du aber noch winzig«, sagt Philipp. »Darauf hätte ich dich gar nicht erkannt. Deine Mama kenne ich sowieso nicht.« Dann schaut er die anderen Sachen an. Die interessieren ihn mehr als das Foto.

Katinka macht die Schatzkiste zu. Auf dem Bild ist sie sicher nicht mal ein Jahr alt. Besonders schön war sie damals eigentlich nicht – mehr dick und rund und noch reichlich kahl. Aber ihre Mama sieht schön aus. Schön, weil sie lacht. Schön, weil ihre Zähne so weiß sind. Schön, weil die blonden Haare in lockeren Fransen über die Stirn fallen. Schön, weil sie so strahlt über ihr dickes Kind.

»Das ist toll!« ruft Philipp. Diesmal meint er das Auto. »Und das! Und das! Und das auch! Damit spielen wir jetzt.«

Katinka nickt. Und dann spielen sie Schatzsuche. Der Garten hat viele gute Verstecke. Man muß richtig aufpassen, daß man die Sachen auch wiederfindet. Katinka und Philipp verstecken, suchen und finden. Es ist wirklich ein tolles Spiel.

Viel zu früh kommt Philipps Mutter vom Zahnarzt zurück.

»Oooch, schon?« rufen sie beide. Das ist natürlich gemein. Kein Mensch bleibt gern lange beim Zahnarzt.

Die Omama setzt sich mit Philipps Mutter »zum Verschnaufen« auf die Terrasse. Katinkas Papa setzt sich dazu. Katinka und Philipp machen sich wieder auf ihre Schatzsuche. Doch weil ihnen die Erwachsenen zuschauen, ist das Spiel nicht mehr ganz so toll wie vorher.

»Komm, wir müssen jetzt gehen!« sagt Philipps Mutter. Da sammeln sie alle Sachen ein. Katinka paßt auf, daß nichts fehlt. Aber sie macht ihre Schatzkiste noch nicht zu. Sie möchte Philipp gern etwas schenken. Es war so ein schöner Nachmittag, und er soll sich lange, lange daran erinnern. Genau wie sie.

»Such dir was aus!« sagt sie und hält ihm die Schatzkiste hin. Dabei fährt ihr ein kleiner Schreck durch den Bauch. Aber nein! Das Foto liegt ja ganz unten, und Philipp sucht nicht danach. Ohne zu zögern nimmt er den kleinen roten Ball, den man nur fallen lassen muß, damit er hoch in die Luft springt.

»Danke!« ruft er und hüpft mit dem Ball um die Wette über den Weg. Katinka macht ihre Schatzkiste zu.

»Sie haben einen herrlichen Garten«, sagt Philipps Mutter beim Abschied.

Die Omama nickt. »Hoffentlich ist an Katinkas Geburtstag so schönes Wetter wie heute. Dann können wir draußen feiern.«

Katinka strahlt. Also doch!

»Lädst du mich auch ein?« fragt Philipp.

»Na klar!« sagt Katinka und nimmt Papas Hand. »Wie viele Kinder dürfen denn kommen?«

»Sieben, wie immer«, antwortet die Omama. »Du weißt doch, der Gartentisch reicht gerade für acht. Acht Kinder, zwei Kuchen. Das dürfte genügen.«

Philipp hüpft neben seiner Mutter zum Auto. Der

kleine rote Ball hüpft vor ihm her. Katinka winkt ihnen nach. Sie ist froh, daß sie Philipp etwas geschenkt hat. Er wird es behalten und dabei an sie denken. Immer und ewig.

Das Allergemeinste von der ganzen Welt

Abends vor dem Einschlafen unterhält sich Katinka noch ein bißchen mit Kasperl. »Zu meinem Geburtstag darf ich sieben Kinder einladen«, erzählt sie, »und die Omama backt zwei Kuchen.«

»Drei wären besser«, sagt Kasperl. »Kann sein, daß einer nicht schmeckt. Dann hat man ja gar nichts zum Aussuchen.«

Katinka lacht. »Ach, backen kann sie, die Omama! Viel besser als kochen. Der Kirschkuchen heute nachmittag war wirklich lecker.«

Kasperl schweigt. Er hat den Kuchen ja nicht probiert.

Katinka redet weiter. »Ich habe mich mit der Omama übrigens wieder vertragen. Mit Papa auch. Sie haben alle beide nichts über das Mittagessen gesagt.«

»Kein Wunder!« meint Kasperl. »Sie waren bestimmt froh, daß du nichts darüber gesagt hast.«

»Und was ist mit dem Brief?« ruft die Prinzessin aus der Puppenkiste. »Haben sie ihn dir gegeben?«

»Nein«, sagt Katinka. Mehr sagt sie nicht. Im Augenblick will sie den Brief lieber vergessen. Sonst wird sie nur wieder traurig. Und sie möchte so gern ihre gute Laune behalten.

Sie bringt Kasperl zu seinen Kollegen in die Puppenkiste und holt den Teddy vom Sessel. Der freut sich auch, wenn er mal wieder zu ihr ins Bett darf. Sie nimmt ihn fest in den Arm und schläft ein.

In dieser Nacht träumt sie von ihrem Geburtstag. Sie ist mit vielen Kindern im Garten. Vielleicht sind es sieben, vielleicht auch noch mehr. Sie laufen über die Wege, über die Wiese und zwischen den Beeten herum. Plötzlich können sie fliegen! Sie schweben und schaukeln und tanzen um die Kronen der Bäume. Philipp ist auch da. Er wirft einen kleinen roten Ball hoch in den Himmel und folgt ihm. »Komm doch!« ruft er. Und Katinka fliegt hinterher.

Dann wacht sie auf. Ihr ganzes Gesicht ist ein einziges Lächeln. Das merkt sie selbst. Der Teddy liegt unten am Fußende und sieht aus, als ob er abgestürzt ist. Aber weh getan hat er sich offenbar nicht. Die Sonne scheint durch die Vorhänge. Die Nacht ist vorbei. Der Traum ist zu Ende. Wie schade!

Katinka steht auf, obwohl niemand sie geweckt hat. Als sie beim Zähneputzen in den Spiegel guckt, lächelt sie immer noch. Gutgelaunt ist sie eingeschlafen. Gutgelaunt ist sie aufgewacht. Gutgelaunt geht sie zur Schule.

Es regnet ein bißchen. Aber das macht nichts. Es ist nur ein leichter, warmer Sommerregen, und an Katinkas Geburtstag wird bestimmt wieder die Sonne scheinen. Das weiß sie genau.

Philipp kommt ihr entgegen, Tine an seiner Seite. Aber

auch das kann Katinkas gute Laune nicht stören. Zu dritt gehen sie weiter.

»Gut, daß es gestern nicht geregnet hat«, sagt Katinka zu Tine. »Sonst hätten wir drinnen spielen müssen, Philipp und ich.«

Tine gibt keine Antwort.

»Philipp und ich«, wiederholt Katinka, »wir waren bei uns im Garten. Wir haben ganz viele Sachen rausgeholt. Und dann haben wir Kirschkuchen gegessen. Und Eis.«

Philipp springt mit beiden Füßen in eine große Pfütze, daß es spritzt. Tine lacht.

»Der Kuchen war gut«, sagt Katinka. »Und das Eis auch.« Sie wirft Philipp einen aufmunternden Blick zu. Aber Philipp merkt es nicht. Er springt in die nächste Pfütze.

Katinka könnte jetzt auch noch von ihrer Schatzkiste erzählen. Und wie sie die Schätze im Garten versteckt haben. Und was sie Philipp zum Abschied geschenkt hat. Aber sie findet, das geht Tine nichts an. Sicher findet Philipp das auch. Sicher sagt er deshalb nichts und springt nur durch Pfützen. Den ganzen Weg bis zur Schule.

In der ersten Stunde müssen sie vorlesen, was sie zu Hause geübt haben. Katinka kommt dran und macht keinen einzigen Fehler.

»Sehr gut«, sagt Frau Mertens, »und richtig toll mit Betonung!«

Katinka lacht. Das hat Philipp gestern im Garten auch schon gesagt. Sie sucht seinen Blick. Aber er guckt in sein Lesebuch.

In der zweiten Stunde suchen sie Reimwörter. Das macht großen Spaß. Katinka meldet sich oft. »Suppe« reimt sich auf »Puppe«. »Schaf« reimt sich auf »brav«. »Fisch« reimt sich auf »Tisch«.

»Wer kann daraus ein Gedicht machen?« fragt Frau Mertens.

»Ich!« ruft Katinka. Und hat sich nicht mal gemeldet. »Philipp füttert meine Puppe. Er gibt ihr einen Löffel Suppe.«

»Gut!« freut sich Frau Mertens und lacht. Die anderen lachen auch. Nur Philipp nicht. Wahrscheinlich will er nicht zugeben, daß er manchmal mit Puppen spielt.

Katinka wirbeln die Reimwörter nur so durch den Kopf. »Ich kann noch ein Gedicht«, sagt sie schnell. »Im grünen Grase der kleine Hase wackelt immer mit seiner Nase.«

»Das waren sogar drei Reimwörter«, stellt Frau Mertens fest. »Toll, Katinka!«

Jetzt klatschen die anderen. Auch Philipp. Nur Tine ruft: »Man kann gar nicht mit der Nase wackeln, höchstens mit den Ohren!«

»Hasen wackeln auch mit der Nase«, sagt Frau Mertens. »Das hast du bestimmt schon gesehen.«

»Auf ›Ohr‹ reimt sich auch was«, erklärt Katinka. »Der kleine Mohr am Gartentor wackelt lustig mit seinem Ohr.«

Wieder bekommt sie Applaus. So ähnlich wie Kasperl und seine Kollegen. Es ist ein schönes Gefühl. Frau Mertens klatscht mit.

Tine wartet, bis es wieder ruhig ist. Dann sagt sie laut: »Mit einem Ohr kann man gar nicht wackeln. Man wakkelt immer mit beiden.«

»Woher weißt du das?« fragt Frau Mertens und sieht sie nachdenklich an. »Katinkas Mohr wackelt eben nur mit einem. Ich glaube, mit dem linken.«

Katinka lächelt. Tine sagt nichts mehr. Das war wie ein Spiel. Jetzt ist es vorbei. Katinka hat gewonnen, Tine hat verloren.

Es klingelt zur großen Pause. Der Regen hat aufgehört. Katinka packt ihr Butterbrot aus und sucht mit den Augen nach Philipp. Aber sie kann ihn nicht finden. Statt dessen kommt Timo und sagt, daß sie schöne Gedichte gemacht hat. Danach kommen noch Lena und Stefan und Dennis und Isabell und sagen das gleiche. Katinka kann es kaum glauben. Es passiert nicht oft, daß sie so im Mittelpunkt steht.

Plötzlich gibt ihr jemand einen kräftigen Schubs in den Rücken und drängt sie beiseite. Tine natürlich!

»Guckt mal«, schreit Tine, »was ich hier habe!« Sie wirft etwas hoch in die Luft und fängt es wieder auf. Dann hebt sie die Hand und läßt es fallen.

»Guckt mal!« schreit sie wieder. »Ein Zauberball! Er hüpft ganz von allein. Höher als alle anderen!«

Katinka rührt sich nicht. Sie steht nur und schaut. Was da fliegt, fällt und hüpft ist ein kleiner roter Ball. Einer, den man nicht auftitschen muß, damit er hoch in die Luft springt. Lange Zeit hat er in ihrer Schatzkiste gelegen. Und gestern hat sie ihn Philipp geschenkt.

Tine hüpft über den Schulhof. Der kleine rote Ball hüpft vor ihr her, genau wie er es gestern bei Philipp gemacht hat. Die anderen strecken die Hände aus und laufen ihm nach. Sie haben Katinka und ihre Gedichte vergessen. Sie wollen jetzt mit Tine und dem Zauberball spielen.

»Tine, dumme Trine!« murmelt Katinka. Das ist auch ein Gedicht. Aber kein gutes.

Plötzlich steht Philipp neben ihr. »Willst du ein Bonbon?« fragt er und hält ihr eine offene Tüte hin. »Die sind gut. Außen Pfefferminz und innen Schokolade.«

Katinka schüttelt den Kopf.

»Sie sehen aus wie die Murmel aus deiner Schatzkiste«, sagt Philipp.

Katinka schluckt. Geh doch zu Tine! denkt sie. Aber rede nicht von den Sachen aus meiner Schatzkiste!

»Nimm doch!« sagt Philipp. »Du darfst auch zwei.«

Du bist so gemein! denkt Katinka. Du hast mein Geschenk weiterverschenkt. Das ist wirklich das Allergemeinste von der ganzen Welt!

Aber sie sagt kein einziges Wort. Sie ist froh, daß es klingelt. Sie geht stumm in die Klasse zurück.

Ein Krokodil frißt ziemlich viel

Als Katinka aus der Schule kommt, steht ihr Mittagessen schon auf dem Tisch. Es gibt Reste von gestern. Dagegen ist nichts zu sagen. Fleischklößchen schmecken auch aufgewärmt gut. Die Omama hat schon gegessen. Sie will nämlich gleich zum Friseur. Dagegen ist auch nichts zu sagen. Dann muß Katinka wenigstens nicht mit ihr reden.

»Kann ich dich wirklich ein Stündchen allein lassen?« fragt die Omama. »Machst du auch keinen Unsinn?«

Katinka nickt und schüttelt den Kopf. Eins nach dem anderen. So wie es paßt. Aber die Omama guckt sowieso nicht. Sie läuft herum und sucht ihre Brille. Unter der Trockenhaube liest sie immer die Zeitschriften.

»Beim Friseur war sonst nichts mehr frei«, sagt sie. »Und ich muß dringend hin.«

Katinka versteht das nicht ganz. Sie findet, daß die Omama nach jedem Friseurbesuch ziemlich komisch aussieht. Aber das darf man ihr natürlich nicht sagen.

»Stell das schmutzige Geschirr in die Spüle!« sagt die Omama zum Abschied. »Und dann machst du gleich deine Aufgaben.«

Katinka wartet, bis die Haustür zufällt. Dann schiebt sie ihren Teller zurück. Ein Fleischklößchen hat sie gegessen. Das andere wird sie gleich mit ins Kinderzimmer nehmen. Kasperl hat sicher Hunger. Als sie den Tisch abräumt, hört sie schon, wie er ruft. Ihr wird etwas leichter ums Herz. Schnell läuft sie hinüber.

Sofort fängt Kasperl zu singen an:

»Tri-tra-trullalla,
Katinka ist jetzt wieder da.
Und einen Fleischkloß bringt sie mit.
Tri-tra-trullallit.«

Katinka hockt sich vor die Puppenkiste. »Dein Lied reimt sich«, sagt sie zu Kasperl. »Weißt du das?«

»Klar reimt es sich!« nickt Kasperl. »Dafür sorge ich schon.«

»In der Schule haben wir heute auch Reimwörter gesucht«, erzählt Katinka. »Und dann haben wir damit Gedichte gemacht.«

»War das schwer?« fragt der Räuber. »Wenn es nicht schwer ist, wollen wir auch Gedichte machen.«

»Ich zeige es euch«, sagt Katinka. »Aber zuerst könnt ihr alle mal abbeißen.« Sie reicht das Fleischklößchen herum. Das Krokodil nimmt natürlich den größten Bissen.

»Ein Krokodil frißt ziemlich viel!« lacht Katinka. »Habt ihr gemerkt? Das war schon ein Gedicht.«

»Aha!« ruft der Polizist. »Ja, ›Krokodil‹ reimt sich auf ›viel‹. Aber was reimt sich auf ›Polizist‹?«

»Ich weiß!« sagt Katinka. »Ein Polizist bleibt, was er ist.«

»Jau!« jubelt der Räuber. »Und ich?«

»Du bleibst auch, was du bist«, meint Kasperl.

»Aber das reimt sich nicht«, behauptet der Räuber.

»Stimmt«, muß Kasperl zugeben. »Wie gefällt dir dies? Den Räuber, den Räuber, den lieben alle Woiber.«

»Was sind Woiber?« fragt der Polizist.

»Weiber natürlich«, sagt Kasperl. »Manchmal muß man beim Reimen ein bißchen nachhelfen.«

Nun will auch der König ein Gedicht. Und die Prinzessin erst recht. Sie können es gar nicht mehr abwarten.

»Na gut«, nickt Katinka. »Ich weiß eins für euch beide: Die edlen Majestäten, die dürfen sich verspäten.«

Der König lächelt. Er verspätet sich oft.

Aber die Prinzessin will lieber ein Gedicht ganz für sich allein.

»Die Prinzessin Adelheid«, sagt Kasperl, »trägt ein schönes Seidenkleid.« Ja, das gefällt der Prinzessin schon besser.

Und nun die Großmutter! Die macht gleich selbst einen Vorschlag. Sie möchte etwas mit »Butter«. Das reimt sich vortrefflich.

»Da hast du recht«, meint Kasperl. »Auf Margarine reimt sich längst nicht soviel.«

Höchstens »dumme Trine«, denkt Katinka. Aber das behält sie für sich. Laut sagt sie: »Die liebe Großmutter backt Kuchen mit Butter.«

»Ja«, nickt die Großmutter, »darum schmecken sie auch so gut.«

Jetzt kommt Seppel. Er schwenkt seinen Federhut und grinst. »Kasperls Freund, der Seppel, stibitzt sich ein paar Äppel.«

Kasperl grinst auch. Das hätte tatsächlich von ihm sein können.

Nun schiebt der Teufel seine schwarzen Hörner über den Rand der Puppenkiste. Will er wohl auch ein Gedicht?

»Hm«, macht Kasperl, »beim Ti-, beim Ta-, beim Teufel hab ich so meine Zwoifel.«

»Hohohoho!« lacht der Räuber. »Eigentlich heißt es ›Zweifel‹. Du hast nur wieder ein bißchen nachgeholfen.«

»Das ist ein blödes Gedicht!« brummt der Teufel. »So eins will ich nicht haben.«

»Selber schuld«, sagt Kasperl. »Noch eins fällt mir nicht ein.«

»Aber du!« ruft Katinka. »Du hast ja selbst noch keins.«

»Stimmt«, nickt Kasperl. »Dann mach mir doch eins!«

Katinka überlegt. Die Sache ist gar nicht so einfach. Zu Kasperl gibt es tatsächlich kein einziges Reimwort. Eine Weile überlegen sie alle.

»Ich hab's!« ruft Katinka erfreut. »Man muß es andersrum machen: Kasperl mit der Zipfelmütze springt vergnügt in jede Pfütze.« Im selben Augenblick ist ihre Freude dahin. Sie denkt an Philipp, der heute morgen in jede Pfütze gesprungen ist. Sie denkt an den roten Ball und an Tine.

Kasperl freut sich einstweilen über das schöne Gedicht. »Gut gemacht«, sagt er. »Jetzt kommst du dran.«

Katinka schüttelt den Kopf. »Ich hab keine Lust mehr.«

»Warum nicht?« fragt Kasperl enttäuscht.

Zum Glück muß Katinka nicht antworten. Sie hören die Haustür, dann Schritte, und gleich darauf guckt die Omama ins Zimmer. Der Friseur hat ganze Arbeit geleistet. Du meine Güte!

»Steckst du schon wieder in der Puppenkiste?« fragt sie. »Hoffentlich hast du deine Aufgaben gemacht!«

Kasperl und seine Kollegen gehen erschrocken in Deckung.

»Ich habe Philipp getroffen«, redet die Omama weiter.

»Er hat mir das hier für dich gegeben.« Sie hält Katinka die Hand entgegen. Darin liegt ein kleiner roter Ball.

»Gehört der nicht sowieso dir?« fragt die Omama. »Philipp wollte es mir nicht sagen. Er steht übrigens unten und guckt, ob du kommst.«

Katinka dreht den Ball zwischen ihren Fingern und betrachtet ihn von allen Seiten, so, als hätte sie ihn nie vorher gesehen. Sie wartet, bis die Omama weg ist. Dann läuft sie ans Fenster. Philipp steht unten am Gartenzaun. Er winkt ihr zu kommen. Katinka schüttelt den Kopf.

Sie setzt sich auf ihr Bett. Ihre Finger spielen immer noch mit dem Ball. Hat Philipp ihn Tine wieder abgenommen? Warum hat er ihn zurückgebracht? Will er ihn nicht selbst behalten? Gefällt er ihm nicht mehr? Hat er ihm vielleicht noch nie gefallen?

»Frag ihn doch!« sagt eine Stimme aus der Puppenkiste. Kasperl natürlich! Manchmal kann er wohl doch Gedanken lesen. »Wer nicht fragt, kriegt auch keine Antwort.«

Katinka läßt den Ball aus der Hand auf den Boden fallen. Er springt noch genauso hoch wie gestern. Natürlich hat Kasperl recht. Warum geht sie nicht einfach zu Philipp hinunter? Warum sagt sie ihm nicht, was sie denkt?

»Sapperlottchen!« ruft Kasperl. »Du traust dich mal wieder nicht!«

Katinka geht noch mal ans Fenster. Philipp ist nicht mehr da.

»Kein Wunder!« sagt Kasperl. »An seiner Stelle wäre ich auch nach Hause gegangen.«

Katinka ist halb enttäuscht und halb erleichtert.

Der Teufel drängt sich nach vorn und grinst über sein ganzes rotes Gesicht. »Vielleicht ist er auch zu Tine gegangen. Vielleicht spielt er heute mit der.«

»Tine ist blöd«, murmelt Katinka.

»Du bist auch blöd«, sagt Kasperl, »anders als Tine, aber trotzdem blöd.«

Katinka sieht ihn erschrocken an. Meint er das wirklich? Soll sie jetzt böse sein? Oder beleidigt?

»Komm schon!« sagt Kasperl. »Gegen deine Blödheit läßt sich was tun. Irgendwann wirst du das einsehen.«

Katinka seufzt. »Morgen vielleicht«, überlegt sie. »Ich meine, morgen in der Schule kann ich mit Philipp reden.«

»Ach, morgen!« ruft Kasperl. »Was ist mit heute?«

»Heute?« Katinka zögert. Sie will unbedingt, daß Kasperl wieder nett zu ihr ist. Da hat sie eine Idee. »Heute spielen wir ein Stück! Wir haben schon lange keins mehr gespielt.«

»Hm«, macht Kasperl. So einem Vorschlag kann er natürlich schlecht widerstehen. »Was für ein Stück denn?«

»Von einem roten Ball«, sagt Katinka schnell. »Siehst du? Hier ist er!«

Kasperls blaue Augen strahlen vor Begeisterung. »Und was machen wir mit ihm? Soll er verschwinden? Oder soll er wieder auftauchen?«

Katinka schüttelt den Kopf. »Keins von beiden! Jemand bekommt ihn geschenkt und will ihn nie wieder hergeben.«

»Hört sich gut an«, meint Kasperl. Und dann fragt er die anderen: »Also, was ist? Habt ihr Lust?«

Na, und ob! Sofort kommt Bewegung in die Puppenkiste. Alle wollen schnell auf die Bühne.

»Bravo, bravissimo!« ruft Kasperl. »Dann geht es jetzt los.«

Kasperl und der rote Ball

Mitten im Wald sitzen drei Leute. Sie sitzen im Schatten einer alten Buche und spielen Karten. Es sind der Polizist, der Räuber und Seppel. Der Polizist hat Mittagspause. Der Räuber hat seinen freien Tag. Seppel hat nichts Besseres vor. Alle drei haben Lust auf ein Spielchen.

»Achtzehn«, sagt Seppel.

»Jau«, nickt der Räuber.

»Zwanzig«, sagt Seppel.

»Jau«, nickt der Räuber.

»Zweiundzwanzig«, sagt Seppel.

»Nee!« Diesmal schüttelt der Räuber den Kopf. »Weiter kann ich nicht zählen.«

»Ganz schön blöd!« ruft der Polizist. »Laß mich mal!«

Das Spiel, das sie spielen, heißt Skat. Man kann es nur zu dritt spielen, und man muß höllisch aufpassen dabei. Der Polizist, der Räuber und Seppel sind so in ihre Karten vertieft, daß sie nicht hören, wie hinten im Wald jemand singt.

»Tri-tra-trullalla,
nun ist der Kasperl wieder da!
Ihm geht heut viel im Kopf herum.
Tri-tra-trullallum.«

Das Lied kommt näher. Dann taucht auch der Sänger auf. Aber die drei Kartenspieler bemerken ihn erst, als er sich neben Seppel ins Gras plumpsen läßt.

»Hallo, Kasperl«, ruft Seppel erfreut. »Schade, daß du nicht mitspielen kannst!«

»Macht nichts«, meint Kasperl. »Ich hab sowieso keine Lust.«

»Dann geh lieber wieder!« sagt der Polizist. »Zuschauer brauchen wir nicht.«

Der Räuber findet das auch. Er will sich auf keinen Fall stören lassen. Bisher hat er nämlich noch nicht ein einziges Mal gewonnen. Aber jetzt hat er ein tolles Blatt auf der Hand.

»Ich muß euch was erzählen«, sagt Kasperl. »Von der Prinzessin. Es geht ihr sehr schlecht.«

»Ruhe!« schnauzt der Räuber. »Was kümmern uns die Woiber? Äh, ich meine die Weiber!«

»Hör mal!« sagt Kasperl. »Die Prinzessin ist ein sehr feines Fräulein. Und obendrein ist sie meine beste Freundin.«

»Meine auch«, nickt Seppel. »Was fehlt ihr denn?«

Der Polizist läßt die Karten sinken. »Das Krönchen?« fragt er. »Fehlt ihr das Krönchen? Hat man sie wieder bestohlen?«

Kasperl schüttelt den Kopf. »Im Gegenteil. Sie hat zum Geburtstag noch eins bekommen.«

»Aus Silber oder aus Gold?« fragt der Räuber.

»Aus Gold«, sagt Kasperl, »aber mit so vielen Diamanten besetzt, daß man von dem Gold fast gar nichts mehr sieht.«

Da staunt der Räuber nicht schlecht. Vor lauter Staunen erwischt er die falsche Karte und hat schon wieder verloren.

»Ein Glück!« ruft Kasperl. Aber das meint er nicht so. Er freut sich nur, daß das Spiel damit aus ist. Nun kann er endlich erzählen, warum es der Prinzessin so schlecht geht.

Also, die Arme ist krank vor Langeweile. Sie sitzt vor den vielen schönen Sachen, die sie zum Geburtstag bekommen hat, und weiß nicht, was sie damit anfangen soll.

»Alles aus Gold und Silber«, erzählt Kasperl, »alles aus Samt und Seide, alles kostbar und teuer. Aber nichts macht ihr Freude. Ich habe es mit eigenen Augen gesehen.«

Ja, das hat er! Er kommt nämlich eben vom Schloß. Den ganzen Morgen hat er versucht, die Prinzessin aufzuheitern. Er hat seine lustigsten Lieder gesungen und seine besten Späße gemacht. Aber vergeblich. Die Prinzessin hat ihn nur traurig angeschaut. Und zum Schluß sind ihr ein paar dicke Tränen über die blassen Wangen gekullert.

Der Polizist und der Räuber schütteln die Köpfe. Nein, das kapieren sie nicht.

Aber Seppel ruft: »Wie bin ich froh, daß ich arm bin! Wenn man alles hat, macht einem gar nichts mehr Freude.«

»Stimmt!« sagt Kasperl. »Am meisten freut man sich über die Sachen, die man nicht alle Tage bekommt. Das geht mir genauso.«

»Wie meinst du das?« fragt der Räuber.

Kasperl lacht. »Zum Beispiel Bratwurst mit Rotkohl. Das ist mein Lieblingsgericht. Aber wenn ich es jeden Tag essen müßte, würde es mir bestimmt bald nicht mehr schmecken.«

»Die Prinzessin kann jeden Tag Gänsebraten essen«, meint der Polizist.

»Eben!« sagt Kasperl. »Jeden Tag Gänsebraten ist genauso schlimm wie jeden Tag Bratwurst mit Rotkohl.«

Aha, nun haben alle verstanden. Die Prinzessin braucht eine Abwechslung. Sie braucht eine Überraschung. Sie braucht etwas, das sie noch nie gesehen hat. Nichts zu essen natürlich, sondern etwas zu spielen!

Ja, aber was? Die vier Burschen sehen sich unschlüssig an. Mit Spielsachen für eine Prinzessin kennen sie sich alle nicht aus.

»Am besten fragen wir meine Großmutter«, sagt Kasperl. »Die hat einen gesunden Menschenverstand. Und dann war sie ja auch mal ein junges Mädchen.«

Das stimmt natürlich. Und so ziehen sie los. Kasperl marschiert vorneweg und singt:

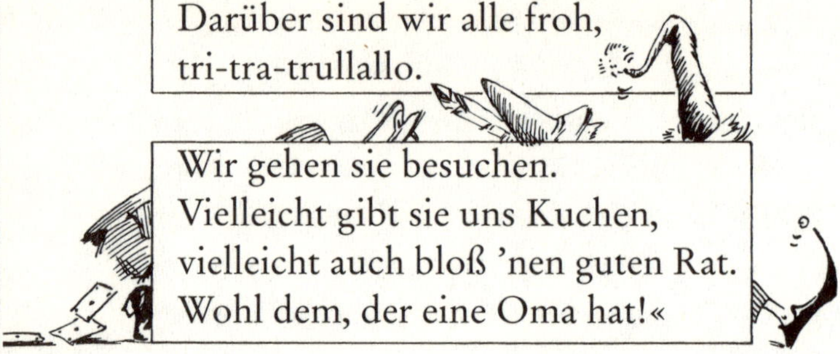

»Tri-tra-trullalla,
wir geh'n zu meiner Großmama.
Darüber sind wir alle froh,
tri-tra-trullallo.

Wir gehen sie besuchen.
Vielleicht gibt sie uns Kuchen,
vielleicht auch bloß 'nen guten Rat.
Wohl dem, der eine Oma hat!«

Die Großmutter staunt nicht schlecht über den vierköpfigen Besuch. Aber sie freut sich auch. Sie freut sich eigentlich über jeden Besuch. Wenn Kasperl dabei ist, besonders.

Schnell kocht sie eine große Kanne Kaffee. Kuchen hat sie leider nicht. Dafür aber frisches Weißbrot mit guter Butter und selbstgemachter Himbeermarmelade. Ja, das schmeckt! Kasperl und Seppel essen jeder zwei Scheiben. Der Polizist ißt drei und der Räuber sogar vier. So eine wunderbare Marmelade kriegen sie nicht alle Tage.

Nachher erzählt Kasperl von der Prinzessin und wie traurig sie war.

Die Großmutter hört aufmerksam zu. Alle wissen, daß sie von der Prinzessin nicht so besonders viel hält. Sie denkt, daß die reichlich verwöhnt ist. Sie meint, daß die ruhig mal ein Staubtuch in die Hand nehmen sollte. Oder ihrem Vater die Socken stopfen. Oder kochen lernen. Oder den Garten umgraben. Dann hätte sie auch keine Langeweile.

»Ach, Großmutter!« sagt Kasperl. »Davon hat sie noch

nie was gehört. Für sie ist Verwöhntwerden ganz normal.« Und dann erzählt er, wie die Prinzessin geweint hat.

Da wird die Großmutter weich. Wenn einer weint, dann muß man ihn trösten – ganz egal, ob er arm oder reich, jung oder alt, dumm oder schlau ist.

Kasperl findet das auch. »Großmutter«, fragt er, »womit hast du am liebsten gespielt, als du so alt warst wie die Prinzessin?«

Die Großmutter überlegt einen Moment. Dann antwortet sie: »Damals hatte ich einen kleinen roten Ball. Der sprang so hoch wie kein zweiter. Ich bin mit ihm von früh bis spät durch den Wald gelaufen und wurde nicht müde davon. Meine Füße waren leicht, meine Hände waren flink, und mein Herz hüpfte mit ihm um die Wette.«

»Oho«, sagt Seppel, »das wäre der richtige Ball für die Prinzessin.«

Der Polizist und der Räuber sagen nichts. Mit vollem Mund soll man schließlich nicht sprechen.

»Großmutter«, sagt Kasperl, »weißt du vielleicht, wo man so einen Ball herkriegt?«

Die Großmutter nickt. »Ich habe meinen aufgehoben. Er liegt oben auf dem Küchenschrank. Wir wollen gleich sehen, ob er noch springen kann, so wie früher.«

Sie steht eifrig auf und holt ihn herunter. Tatsächlich, dem kleinen roten Ball haben die Jahre nichts anhaben können. Er springt noch genauso wie zu der Zeit, als die Großmutter ein junges Mädchen war. Man muß ihn nicht einmal auftitschen. Man muß ihn nur fallen lassen, dann hüpft er bis unter die Decke.

Kasperl, Seppel, der Räuber und der Polizist sind ganz begeistert. Sie lassen den Ball fallen und springen. Sie laufen mit ihm durch die Stube. Jeder will ihn fangen. Jeder will ihn werfen. Jeder will mit ihm spielen.

Die Großmutter macht auch mit. Ihre Füße sind zwar nicht mehr ganz so leicht und ihre Hände nicht mehr ganz so flink wie früher. Aber ihr Herz hüpft immer noch mit dem Ball um die Wette.

Endlich sind alle ganz außer Atem. Und müde obendrein. Die Großmutter sinkt in ihren Sessel. Den kleinen roten Ball hält sie fest in der Hand. Sie dreht ihn zwischen den Fingern und lächelt. Dann wirft sie ihn Kasperl zu.

»Also gut!« sagt sie. »Bring ihn nur der Prinzessin. Wenn sie ihn sieht, wird sie aufhören zu weinen. Und wenn sie mit ihm spielt, wird sie lachen.«

Kasperl, Seppel, der Polizist und der Räuber machen sich gleich auf den Weg. Sie sind alle vier neugierig, ob die Großmutter recht hat. Nur der Räuber fürchtet sich ein bißchen vor der Wache oben im Schloß.

»Komm schon!« sagt Kasperl. »Ich bin ja dabei. Aber deine Finger läßt du gefälligst in der Hosentasche. Und zwar von Anfang an. Hast du gehört?«

Die Prinzessin sitzt vor dem Spiegel und bürstet ihre goldenen Locken. Aber wegen ihrer rotgeweinten Augen gefällt sie sich gar nicht. Sie hat auch keine Lust, sich von irgend jemand so sehen zu lassen. Sie hat keine Lust, mit jemand zu reden. Sie hat einfach zu gar nichts Lust.

»Papperlapapp!« ruft Kasperl. »Wir bringen dir was zu spielen.«

»Hab schon mehr als genug«, antwortet die Prinzessin.

»So was hast du noch nicht«, sagt Kasperl. Und dann läßt er den roten Ball hoch in die Luft springen.

Die Prinzessin staunt. Nein, so etwas hat sie wirklich noch nicht. Sie besitzt zwei Dutzend Bälle aus Silber und Gold. Aber die können längst nicht so gut hüpfen.

Sie steht auf und streckt ihre Hände aus. Sie läuft dem roten Ball hinterher. Und als sie ihn endlich gefangen hat, strahlt sie vor Freude. Und lacht! Ist es zu glauben? Hat die Prinzessin schon je so gelacht?

Der König hört es bis in den Thronsaal, wo er gerade ernsthaft mit Regieren beschäftigt ist. Nun läßt er sein Zepter fallen und eilt zu seiner Tochter. Sein Purpurmantel weht nur so hinter ihm her.

»Was ist los mit dir?« keucht er den Flur entlang. »Geht es dir gut? Worüber lachst du, mein Kind?«

»Schau nur, Papa!« ruft die Prinzessin und läßt den Ball hoch in die Luft springen. »Kasperl hat mir ein neues Spielzeug gebracht. Schöner als alles, was ich besitze! Herrlich rot! Und richtig lebendig!«

Der König schüttelt Kasperl und Seppel die Hand. Er begrüßt auch den Räuber und den Polizisten. Der Räuber fällt dabei vor Schreck fast in Ohnmacht und zieht sich den Schlapphut tief ins Gesicht. Aber der König erkennt ihn sowieso nicht. Er hat ihn ja noch nie leibhaftig vor sich gesehen.

»Kasperl«, sagt der König, »du hast meine Tochter zum Lachen gebracht. Ich werde dich reich belohnen. Wie viele Golddukaten soll ich dir geben?«

»Nicht einen einzigen«, antwortet Kasperl. »Der Ball ist ein Geschenk von meiner Großmutter. Die Prinzessin kann ihn behalten, solange sie will.«

»Solange ich lebe!« jubelt die Prinzessin. »Immer und ewig!« Dann läuft sie hinaus. Sie läuft die Treppe hinab, über den Schloßhof, an der Wache vorbei und hinein in den Wald. Da stört sie keine Zimmerdecke und keine Wand. Der rote Ball leuchtet im Sonnenschein. Er springt dem blauen Himmel entgegen. Er verschwindet zwischen grünen Blättern und taucht wieder auf.

Der Polizist und der Räuber verabschieden sich. Der eine muß wieder an die Arbeit, der andere hat Lust auf ein Schläfchen.

Aber Kasperl und Seppel beeilen sich, der Prinzessin zu folgen. Dem Himmel sei Dank.

Hinter den Heckenrosen lauert nämlich der Teufel. Der freut sich mächtig, als die Prinzessin einmal nicht achtgibt und der Ball zwischen die Dornenranken rollt. Grapsch – schon hat er ihn in der Hand. Grinsend tritt er hinaus auf den Weg.

»Gib mir den Ball zurück!« verlangt die Prinzessin.

Aber der Teufel schüttelt den Kopf.

»Er ist ein Geschenk«, sagt die Prinzessin. »Das schönste, das ich jemals bekommen habe.«

»Von wem?« fragt der Teufel.

»Von Kasperls Großmutter«, antwortet die Prinzessin. »Sie hat mit dem Ball gespielt, als sie noch ein kleines Mädchen war.«

Der Teufel grinst breiter. »Ich habe auch eine Großmutter«, sagt er. »Die hat noch nie mit einem Ball gespielt. Nicht mal, als sie noch ein kleines Mädchen war. Ich glaube, ich werde ihr diesen Ball schenken.«

»Kasperl!« ruft die Prinzessin. Und schon ist Kasperl mit Seppel zur Stelle.

»Her mit dem Ball!« verlangt Kasperl.

»Und zwar sofort!« fordert Seppel.

Sie packen den Teufel am Arm. Der eine links, der andere rechts. Und dann schütteln sie ihn.

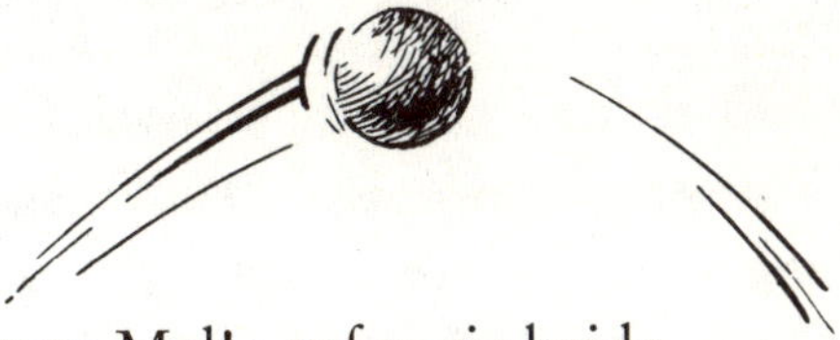

»Denk an das letzte Mal!« rufen sie beide.

Gleich zieht der Teufel den Kopf ein und läßt den Ball einfach fallen. Der hüpft zuerst hoch in die Luft und dann in die Hände der Prinzessin. Da gehört er auch hin!

»Oh, vielen Dank!« ruft die Prinzessin.

»Ach, keine Ursache!« lachen Kasperl und Seppel.

Der Teufel knirscht mit den Zähnen und macht sich davon.

»Nun weiter!« ruft die Prinzessin und springt auf flinken Füßen davon. »Mein schöner Ball ist schon unterwegs.«

Mitten im Wald ist ein Teich, von Schilf umstanden und mit Seerosen bewachsen. Wenn das mal gutgeht!

»Vorsicht!« schreit Kasperl.

»Achtung!« brüllt Seppel.

Die Prinzessin tanzt nur so über den Weg. Sie läßt den Ball fallen und springen. Höher und höher. Weiter und weiter. Und plötzlich liegt er im Wasser. Er taucht hinein und wieder empor. Nun schwimmt er auf dem silbernen Spiegel zwischen den Seerosen. Man kann ihn vom Rand nicht erreichen.

»Kasperl!« ruft die Prinzessin. »Seppel! Mein Ball ist ins Wasser gefallen. Ihr müßt ihn mir holen!«

Ja, das ist leichter gesagt als getan. Kasperl und Seppel sind nämlich beide ziemlich wasserscheu. Das wollen sie zwar nicht zugeben. Aber es stimmt.

»Wir haben keine Badehose dabei«, erklärt Kasperl. Auf keinen Fall kann man ohne Badehose ins Wasser gehen, wenn eine Prinzessin dabei ist. Auch nicht, wenn diese Prinzessin verspricht, daß sie nicht hinguckt.

»Wir wissen schließlich, was sich gehört!« sagt Seppel. Und sie lassen sich beide nicht umstimmen. Da kann die Prinzessin bitten und betteln, soviel sie will.

Als sie noch herumstehen und beratschlagen, planscht und schnaubt es plötzlich im Teich. Eine große Welle schwappt ans Ufer. Dann steckt das Krokodil seinen häßlichen Kopf aus dem Wasser.

»Grrrrrh!« knurrt es und klappt sein Maul auf und zu. »Was macht ihr denn für ein Lamento? Ich habe so schön geschlafen. Und jetzt bin ich aufgewacht. Das macht mich sehr böse. Grrrrrh!«

»Halt die Klappe, Kroki!« sagt Kasperl. »Du mußt dich nicht immer so aufspielen. Siehst du den roten Ball? Da, mitten im Teich!«

»Ach, liebstes, bestes, allerschönstes Krokodil!« schmeichelt die Prinzessin. »Bitte, hol mir den Ball!«

»Grrrrh!« macht das Krokodil noch einmal. Aber viel leiser als eben. »Was gibst du mir denn dafür?«

»Einen Ring von meinem Finger«, sagt die Prinzessin, »eine Kette von meinem Hals. Vielleicht sogar mein goldenes Krönchen.«

»Grrrh!« knurrt das Krokodil ganz, ganz leise. Es hört sich fast an wie geschnurrt. »Deinen Schmuck will ich nicht haben.«

»Was dann?« fragt die Prinzessin.

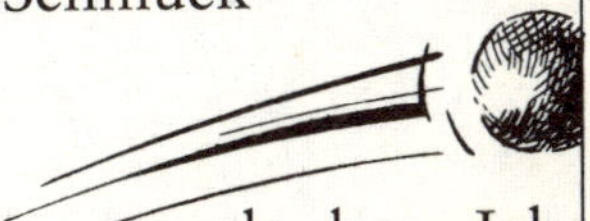

»Grrh!« schnurrt das Krokodil kaum vernehmbar. »Ich will einen Kuß.«

Na, so was! Kasperl und Seppel stoßen sich gegenseitig in die Rippen. Von einem Kuß der Prinzessin kann man doch höchstens träumen. Äußerstenfalls kann man darauf hoffen. Aber verlangen? Nein, verlangen kann man ihn ganz bestimmt nicht! Erst recht nicht, wenn man so aussieht wie das Krokodil.

Die Prinzessin ist seltsamerweise längst nicht so erschrocken wie Kasperl und Seppel. Sie steht nur da und denkt nach. Was soll schon passieren, wenn sie dem Krokodil einen Kuß gibt? Vielleicht wird es sich in einen schönen Prinzen verwandeln. Sie hat da mal so was gehört. Auf alle Fälle aber wird es ihr den roten Ball aus dem Wasser holen. Und der bedeutet ihr im Augenblick noch mehr als ein Prinz.

»Also gut!« sagt die Prinzessin und beugt sich vor.

Das Krokodil reckt den Hals und schließt die Augen.

Kasperl und Seppel halten den Atem an. Ein Zittern geht über den Teich.

Und schon hat die Prinzessin einen Kuß auf die grüne Schnauze gedrückt, zwischen die gräßlichen Nasenlöcher und die furchtbaren Zähne.

»Aaah!« macht das Krokodil. Aber es bleibt, was es ist. Und es will gleich noch einen Kuß.

»Hol mir erst den Ball!« sagt die Prinzessin. »Dann sehen wir weiter.«

Doch als ihr das Krokodil den Ball ganz vorsichtig in die Hände gelegt hat, springt sie lachend davon und ruft: »Jetzt haben wir beide, was wir gewollt haben. Du den Kuß und ich den Ball!«

»Grrrrrh!« knurrt das Krokodil so laut, wie es schon lange nicht mehr geknurrt hat. Ja, der Ball ist noch da. Aber der Kuß? Wo ist der Kuß der Prinzessin geblieben?

»Tschüs, Kroki!« sagt Kasperl. »Jetzt kannst du weiterschlafen.«

»Und träumen«, sagt Seppel, »daß die Prinzessin dich tausendmal küßt.«

Das Krokodil verschwindet im Teich. Eine große Welle schwappt über den Rand. Kasperl und Seppel springen zurück, damit sie keine nassen Füße bekommen.

Dann heißt cs Abschied nehmen. Die Prinzessin muß nämlich nach Hause. Der König macht sich bestimmt schon Sorgen. Mit ihrem roten Ball hüpft sie davon. Ab durch die Mitte. Doch ihr Lachen ist noch eine ganze Weile zu hören.

Kasperl und Seppel schauen ihr nach.

»Kommt jetzt dein Lied?« fragt Seppel.

»Na klar«, sagt Kasperl. Und dann singt er:

»Tri-tra-trullalla,
nur wir zwei sind jetzt noch da.
Tri-tra-trullallaus,
Kasperls Stück ist leider aus.«

Katinka hat wieder mal Angst

Beifall, Verbeugung und strahlende Gesichter wie immer.

»Das war wieder ein schönes Stück«, sagt Katinka. »Am besten hat mir gefallen, wie die Prinzessin gelacht hat und den roten Ball nie mehr hergeben wollte.«

»Mir hat am besten gefallen, wie sie mich geküßt hat«, erklärt das Krokodil. »Das war wunderbar, nur leider zu kurz. Und daß sie es nicht noch mal machen wollte, hat mir überhaupt nicht gefallen.«

»Vielleicht im nächsten Stück«, lacht die Prinzessin. »Es war eigentlich gar nicht so schlimm. Dein Maul ist erstaunlich weich. Auch wenn es gar nicht so aussieht.«

Na, da freut sich das Krokodil aber! Und stolz ist es auch. So was Nettes hat ihm tatsächlich noch niemand gesagt. Gleich erkundigt es sich, wann das nächste Stück denn gespielt wird.

»An Katinkas Geburtstag!« ruft Kasperl. »Das weißt du doch.«

Ja, das wissen sie alle. Es gibt eine ziemliche Aufregung. Bis zu Katinkas Geburtstag dauert es eigentlich gar nicht mehr lange. Sie müssen rechtzeitig darüber nachdenken. Und proben müssen sie auch. Es soll schließlich ein besonderes Stück werden. Sie wollen es nicht nur für sich spielen, sondern vor Publikum. Alle, die eingeladen sind, sollen zuschauen: sieben Kinder, Katinkas Papa und die Omama.

»Tante Eva auch«, sagt Katinka. Tante Eva ist ihre Patentante und kommt zu jedem Geburtstag.

»Deine Mama nicht?« fragt der Teufel. »Hat sie deinen Geburtstag etwa vergessen?«

Katinka schüttelt den Kopf. »Sie ist doch nicht eingeladen«, sagt sie leise.

»Hehehe!« lacht der Teufel. »Muß man Mamas denn einladen? Mamas sind doch einfach dabei.«

»Meine wohnt eben nicht hier«, murmelt Katinka leise. Der Hals und das Herz tun ihr weh. »Sie wohnt ganz weit weg. Und die Omama will sie auch gar nicht hier bei uns haben.«

Kasperl schubst den Teufel zur Seite. »Die Omama?« fragt er empört. »Ja, wer hat denn hier Geburtstag? Die Omama oder du?«

»Weißt du doch«, sagt Katinka. »Ich natürlich.«

»Na also!« Kasperls Augen blitzen. »Dann lädst du auch ein, wen du willst, und nicht, wen die Omama will.«

Die anderen sind ganz seiner Meinung.

Katinka denkt nach. Zum erstenmal denkt sie wirklich darüber nach, daß ihre Mama nie da ist. Nicht mal an ihrem Geburtstag. Vielleicht würde sie gern kommen. Vielleicht traut sie sich nur nicht, ohne Einladung. Vielleicht wartet sie, daß man sie fragt.

»Wenn du sie nicht fragst, kann sie lange warten«, sagt Kasperl. »Die Omama tut es bestimmt nicht.«

»Und Papa?« überlegt Katinka.

Kasperl winkt ab. »Ach, Papa! Der tut, was die Omama will.«

Katinka schluckt. Nein, das ist nicht wahr. Das will sie auf keinen Fall glauben.

»Und dann«, sagt Kasperl, »hat Papa ja auch nicht Geburtstag.«

Das stimmt natürlich. Katinka atmet auf. Und dann seufzt sie. Man hört kaum einen Unterschied.

»Was soll ich denn machen?« fragt sie.

»Schick deiner Mama eine Einladung!« sagt Seppel.

»Schreib ihr, daß es Kuchen gibt!« ruft das Krokodil.

»Und daß wir Theater spielen«, lacht der Räuber.

»Sag ihr, daß du dich freust!« rät die Prinzessin.

»Daß wir uns alle freuen«, fügt der König hinzu.

»Die Jungen und die Alten«, bestätigt die Großmutter.

»Sogar die Polizei«, nickt der Polizist.

»Weißt du denn die Adresse?« fragt der Teufel.

Kasperl sagt gar nichts. Er hört nur zu. Und er grinst.

Katinka schaut mit großen Augen von einem zum anderen. Dann nickt sie. Klar, weiß sie die Adresse! Sie hat alle Briefe, die Mama ihr jemals geschrieben hat, aufgehoben. Sie liegen in ihrem Schreibtisch. In der Schublade, die man abschließen kann. Mit Umschlag und Adresse.

»Na, dann«, sagt Kasperl, »fehlt ja nur noch die Briefmarke.«

Doch da hat er wohl den zweiten Schritt vor dem ersten gemacht. Denn der Brief, den Katinka schreiben soll, fehlt schließlich auch noch. Soll sie denn überhaupt?

Zögernd sagt sie: »Ich hab heute noch keine Aufgaben gemacht.«

Kasperl zuckt die Achseln. »Der Brief an deine Mama ist wichtiger.«

Die anderen nicken.

Katinka holt ihren Ranzen. »Die Omama kommt bestimmt gleich meine Aufgaben nachgucken.«

»Aber danach schreibst du den Brief!« verlangt Kasperl.

»Vielleicht«, sagt Katinka. »Mal sehen.« Sie hat Angst, daß sie es nicht tut. Hat Angst, daß sie es doch tut. Hat Angst, daß Kasperl ihr böse ist. Hat Angst, daß Papa ihr böse ist. Hat Angst, daß die Omama schimpft. Hat nichts als Angst.

Sie murmelt: »Ich weiß noch nicht, was ich mache.«

Kasperl und seine Kollegen senken die Köpfe. Sie sehen plötzlich sehr klein aus. Dann läßt sich einer nach dem anderen in die Puppenkiste fallen. Auf einmal ist es ganz still.

Nur Kasperl sagt laut und deutlich: »Katinka, was bist du bloß für ein Feigling!«

Abrakadabra

Katinka macht ihre Aufgaben. So langsam und sorgfältig wie schon lange nicht mehr. Manchmal wirft sie einen Blick auf die Puppenkiste. Aber da rührt sich nichts.

Die Omama kommt und schaut ihr über die Schulter. Das kann Katinka nicht leiden. Heute schon gar nicht. Die Omama riecht nach Friseur. Sie findet nur einen einzigen Fehler und sagt, der wäre auch nicht nötig gewesen.

Katinka packt ihre Sachen weg. Dann ruft sie: »Kasperl!« Doch sie kriegt keine Antwort. Sie geht zur Puppenkiste. Da liegt Kasperl und tut so, als ob sie nicht da wäre. Auch die anderen gucken einfach durch sie hindurch. »Was ist los mit euch?« fragt Katinka. »Sprecht ihr nicht mehr mit mir?«

Wieder kommt keine Antwort.

Katinka ist wütend und traurig zugleich. Wenn einer »Feigling!« sagt, ist das schlimm. Aber wenn einer gar nichts sagt, ist das noch schlimmer. Sie dreht der Puppenkiste den Rücken zu und hockt sich auf die Fensterbank.

»Ihr seid ganz schön blöd«, murmelt sie trotzig. »Papa und die Omama, das sind schließlich zwei gegen einen! Und obendrein sind die beiden erwachsen.«

Keiner sagt was. Katinka legt das Kinn auf die Knie und fühlt sich schrecklich allein.

»Ich bin gar kein Feigling«, behauptet sie leise. »Nur manchmal. Und dann kann ich gar nichts dafür.«

Was war das? Hat da einer gekichert? Hoffnungsvoll hebt sie den Kopf. Aber alles ist still.

»Kasperl«, sagt Katinka, »willst du nicht wenigstens singen?« Nein, Kasperl will nicht mal das.

»Bist du nicht mehr mein Freund?« fragt Katinka.

Keine Antwort.

Da ruft sie: »Du Holzkopf!« Vielleicht wehrt er sich jetzt. Er läßt sich doch sonst nichts gefallen. Aber Kasperl bleibt stumm. Kein Schimpfwort bringt ihn zum Reden. Wartet er vielleicht auf ein Zauberwort?

»Abrakadabra«, flüstert Katinka. »Abrakadabra, ich schreibe den Brief.«

Sie dreht sich um. Denn nun rappelt es in der Puppenkiste. Das ist kein Irrtum. Es rappelt und zappelt, es rumpelt und strampelt, es murmelt und lacht.

»Abrakadabra«, sagt Katinka ein bißchen lauter, »ich schicke Mama eine Einladung zu meinem Geburtstag.«

Der Lärm in der Puppenkiste nimmt zu.

»Abrakadabra«, ruft Katinka erfreut, »ich will kein Feigling mehr sein!«

Sie dreht sich um. Kasperl sitzt auf dem Rand der Puppenkiste und klatscht in die Hände. »Na endlich!« schreit er. »Habt ihr es alle gehört?«

Ja, alle haben Katinkas Abrakadabra gehört. Jetzt kann sie nicht mehr zurück. Sie will auch gar nicht. Sie ist ja so froh, daß Kasperl und seine Kollegen wieder mit ihr reden.

»Abrakadabra«, sagt sie vergnügt, »das war das richtige Zauberwort.«

»Ja, schon«, meint Kasperl. »Aber auch, was du sonst noch gesagt hast. Bloß Abrakadabra – das hätte gar nichts genützt.«

Die Einladung

Katinka setzt sich an ihren Schreibtisch und holt das Briefpapier aus der Schublade. Sie muß nicht lange überlegen. Sie schreibt:

Liebe Mama,
bite kom zu meinem Geburztag. Sicher weist du das Datumm. Es kommen sieben Kinder und Tante Eva. Aber du bist die wichtigste von allen. Wir feiern im Garten. Nachmittags ab halp vier. Die Omama backt zwei Kuchen. Wir wollen auch ein Teaterstück spielen Kasperl und seine Kolegen und ich. Aber wir müssen noch üben. Damit alles gut klapt.

Fon jetzt an will ich kein Feigling mehr sein. Deshalb lade ich dich ein zu meinem Geburztag. Ich ganz alein. Du must keine Antwort schiken. Sonst läst die Omama deinen Brief wieder ferschwinden. Und Papa sagt ja nix. Er tut nur was die Omama will. Das hat Kasperl gesagt. Aber ich glaube es nicht. Glaubst du es?

Liebe Mama, wir freuen uns schon auf deinen Besuch Kasperl und seine Kolegen und ich. Ich ganz besonders.

Bite kom doch auf alle Felle
Fiele Grüse von deiner Tochter Katinka

Das ist aber ein langer Brief geworden! Katinka guckt auf die Uhr. Erstaunlicherweise hat sie nicht länger als zehn Minuten gebraucht. Bestimmt hat sie eine Menge Fehler gemacht. Die Omama würde sie alle finden.

Aber die Omama wird diesen Brief nie zu sehen bekommen. Katinka kichert. Papa auch nicht. Nur Kasperl und seinen Kollegen wird sie ihn vorlesen. Jetzt gleich!

Sie liest langsam und deutlich. Ihre Stimme zittert ein bißchen. Aber das macht nichts. Kasperl und seine Kollegen hören aufmerksam zu. Am Ende sind sie sehr mit Katinka zufrieden. Die Einladung ist in Ordnung. Es steht alles drin, was Mama wissen muß.

Katinka faltet den Brief zusammen und steckt ihn in einen Umschlag. Den klebt sie sorgfältig zu. Zum Schluß schreibt sie Adresse und Absender.

»Dann fehlt ja nur noch die Briefmarke«, sagt Kasperl wieder.

Diesmal stimmt es. Und die Briefmarke fehlt wirklich. Katinka hat keine. Sie weiß auch nicht, wo sie eine hernehmen soll.

»Kein Problem!« ruft der Räuber. »In dem schwarzen Kästchen auf Papas Schreibtisch sind Briefmarken. Alle Sorten und jede Menge.«

»Woher weißt du das?« fragt der Polizist mißtrauisch.

Der Räuber zuckt die Achseln. »Man muß eben die Augen offen halten. Das gehört schließlich zu meinem Beruf.«

Katinka beschließt, eine Briefmarke aus Papas Zimmer zu holen. Ob der Räuber wohl mitgeht?

»Na klar!« ruft er und fühlt sich sichtlich geschmeichelt. Außerdem kann er endlich mal wieder sein Räuberlied singen:

»Heiho, heiho,
wie ist der Räuber froh!
Er fühlt sich heute fit,
Katinka nimmt ihn mit.
Katinka darf ihm trauen,
der Räuber kann gut klauen.
Er schwenkt den Räuberhut.
Ja, klauen kann er gut.«

Katinka lacht. Dann sagt sie: »Du sollst aber gar nicht klauen. Du sollst mir nur zeigen, wo die Briefmarken sind.«

»Hm«, macht der Räuber, »ich würde gern mehr für dich tun.«

Er sieht zu, wie Katinka ein Markstück aus ihrer Spardose pult.

Dann schleichen sie beide den Gang entlang und in Papas Zimmer. Unten in der Küche klirrt die Omama mit dem Geschirr.

Das schwarze Kästchen steht links auf dem Schreibtisch. Katinka sieht es sofort. Eigentlich hätte sie den Räuber gar nicht gebraucht. Trotzdem ist sie froh, daß er da ist.

Sie macht das Kästchen auf, nimmt eine Briefmarke heraus und will das Markstück hineinlegen. Da springt es ihr aus der Hand und fällt auf den Boden. Es rollt über die hölzernen Dielen.

»So'n Mist!« schimpft der Räuber. »Hättest du es lieber in der Spardose gelassen!«

Das Markstück rollt bis unter den Schrank. Dort holt Katinka es ein. Hoffentlich hat die Omama nichts gehört! Papas Zimmer liegt genau über der Küche.

Schnell legt Katinka das Geld in das Kästchen. Der Räuber nimmt die Briefmarke geschickt unter seinen Mantel. Dann schleichen sie auf Zehenspitzen hinaus.

Aber sie kommen nicht weit. Mitten auf der Treppe steht die Omama und blickt ihnen kopfschüttelnd entgegen.

»Was machst du denn da?« fragt sie streng.

Katinka schaut den Räuber an. Der Räuber schaut Katinka an. Wer von ihnen soll antworten?

»Du warst in Papas Zimmer!« stellt die Omama fest. »Was hattest du da zu suchen?«

Natürlich meint sie Katinka. Aber die sagt nichts. Kann nicht und will nicht. Hat wieder mal Angst. Warum eigentlich? Sie hat doch nichts Schlimmes gemacht.

»Komm weiter!« flüstert der Räuber. »Wir müssen die Briefmarke in Sicherheit bringen.«

Da hat er unbedingt recht. Und die Omama darf ihnen auf keinen Fall folgen. Katinka wird es ganz heiß. Wo hat sie die Einladung mit Mamas Adresse eigentlich hingetan? Bestimmt liegt der Brief gut sichtbar auf ihrem Schreibtisch.

»Omama«, sagt sie, »ich glaube, das Telefon klingelt.«

Und da – wie durch ein Wunder klingelt wirklich das Telefon.

Die Omama dreht sich um und geht die Treppe hinunter. Katinka rennt in ihr Zimmer. Der Räuber rennt mit. Sie hätten gar nicht so rennen müssen. Denn auf dem Schreibtisch liegt kein Brief mit Mamas Adresse. Kasperl grinst übers ganze Gesicht.

»Den hab ich natürlich verschwinden lassen«, sagt er. »Er liegt in der obersten Schublade.«

Tatsächlich, da liegt er. Geschwind klebt Katinka die Marke drauf und steckt ihn in ihren Ranzen. Morgen früh auf dem Schulweg wird sie ihn in den Briefkasten werfen.

»Versprochen?« fragt Kasperl.

Versprochen!

Kasperls neue Kollegin

Katinkas Geburtstag rückt näher. Sie kann abends vor Aufregung schlecht einschlafen. Sie ist schon so neugierig auf die Geschenke. Sie überlegt, was sie anziehen soll. Sie freut sich auf ihre Gäste. Alle haben zugesagt. Nur Mama nicht. Aber genau darum hat Katinka sie ja gebeten.

»Bestimmt kommt sie einfach«, meint Kasperl. »Sie hat ja jetzt eine Einladung. Was spielen wir denn für ein Stück? Es wird höchste Zeit für die Proben!«

Ja, natürlich wird es höchste Zeit. Wenn Katinka aus der Schule kommt, gucken ihr Kasperl und seine Kollegen gespannt entgegen. Wenn sie über ihren Hausaufgaben sitzt, wollen sie unbedingt auf die Bühne. Und abends, wenn sie im Bett liegt, machen sie ihr alle möglichen Vorschläge.

Katinka seufzt. Mit den Vorschlägen kann sie nichts anfangen. Diesmal ist manches anders als sonst. Diesmal sind Kasperl und seine Kollegen auf Katinka angewiesen. Auf Katinka und ihre zwei Hände. Diesmal können immer nur zwei Personen gleichzeitig auftreten.

»Tut mir wirklich leid«, sagt Katinka. »Ich möchte am liebsten zehn Hände haben. Aber ich bin auch bloß ein Mensch.«

»Ein Stück für zwei Personen?« ruft Kasperl enttäuscht. »Das ist aber langweilig!«

Katinka schüttelt den Kopf. »Nein, nicht für zwei Personen! Ihr könnt alle mitspielen. Aber immer nur zwei und zwei hintereinander.«

»Dann will ich mit dem Räuber auftreten«, verlangt der Polizist. »Wir beide gehören zusammen.«

»Ich mit Kasperl!« ruft Seppel. Und sofort überlegen alle, mit wem sie am liebsten auftreten wollen.

»So wartet doch ab!« sagt Katinka. »Diesmal ist es nicht euer Stück, sondern meins.«

»Deins?« fragt Seppel. »Wie heißt es? Wovon handelt es? Ist es lustig oder traurig?«

»Weiß ich noch nicht«, sagt Katinka. »Ich hab da so 'ne Idee. Aber die ist noch nicht fertig.«

Drei Tage vor Katinkas Geburtstag ist die Idee endlich fertig. Was für ein Glück! Dann kann die Probe ja anfangen.

»Moment!« ruft Katinka. »Ich muß euch noch was erklären.«

Na, was denn? Nur zu!

»In dem neuen Stück ...« Katinka macht eine Pause. »Das ist nämlich so ... Die Geschichte hat ... In diesem Stück ... Hach, das ist gar nicht so einfach!«

Sie denkt wieder nach. Dann sagt sie langsam und deutlich: »Also, vier von euch kriegen eine andere Rolle.«

Ja, was soll das denn heißen?

»Die vier spielen nicht mehr sich selbst«, erklärt Katinka, »sondern jemand anders.«

»Hihihi«, kichert der Teufel, »dann spiele ich einen Engel.«

»Hohoho«, lacht der Räuber, »und ich den Polizisten.«

»Soso«, schmunzelt der Polizist, »und ich spiele den Räuber.«

»Grrrrrh«, macht das Krokodil, »und ich einen Löwen.«

Katinka schüttelt den Kopf. »Nein, ihr bleibt, was ihr seid.«

Ja, wer kriegt denn nun eine neue Rolle? Kasperl vielleicht?

Ach, Kasperl doch nicht! Kasperl ist Kasperl. Und das soll auch so bleiben.

Also, wer dann?

»Paßt auf!« sagt Katinka. »Der König spielt meinen Papa. Die Großmutter spielt die Omama. Seppel spielt Philipp. Und die Prinzessin, ja, die Prinzessin spielt – mich!«

Na, so was! Die Prinzessin fällt vor Schreck fast in Ohnmacht. Seppel kratzt sich unterm Federhut. Die Großmutter ist auch nicht gerade begeistert. Der König tupft sich die Stirn.

Wie soll das bloß gehen?

»Keine Angst!« lacht Katinka. »Das sage ich euch noch.«

Kasperl klatscht Beifall. Doch Katinka wehrt ab. Für Beifall ist es noch zu früh. Zuerst kommt das Stück.

»Stimmt!« sagt Kasperl. »Aber vor dem Stück kommen die Proben. Wollen wir anfangen?«

Katinka zögert. »Das geht nicht«, sagt sie. »Für das neue Stück fehlt uns noch jemand.«

»Hör mal«, sagt Kasperl, »du hast doch schon jetzt nicht Hände genug. Und dann willst du noch jemand holen?«

Katinka nickt.

»Und wo willst du ihn herholen?«

»Es ist eine Sie!« sagt Katinka. »Und holen kann ich sie auch nicht. Sie muß nämlich erst noch gemacht werden.«

Kasperl und seine Kollegen schütteln die Köpfe. Was meint Katinka damit? Jeder tuschelt mit jedem. Doch dann sind sie still. Wenn Katinka so aussieht wie jetzt, läßt man sie am besten eine Weile in Ruhe.

Sie holt ihre Schatzkiste aus der Kommode und nimmt das Foto heraus. Das Foto, auf dem sie noch klein ist. Das Foto, auf dem ihre Mama so strahlt. Sie betrachtet es lange. Wen schaut sie an? Das kahlköpfige Baby? Oder die blonde Mama?

Jedenfalls lächelt sie. Und dann steht sie auf. Sie weiß, was sie will. Aus ihrem Wäscheschrank holt sie einen hellbraunen Kniestrumpf. Darauf verläßt sie ihr Zimmer und verschwindet im Bad. Mit einem Paket Watte kommt sie zurück. Wieder geht sie hinaus. Diesmal schleicht sie ins Wohnzimmer. Da steht Omamas Nähtischchen. Die Omama selbst ist im Garten und pflückt die letzten Johannisbeeren. Für den Kuchen zu Katinkas Geburtstag. Sie hat ein Rezept, das sie keinem verrät.

Katinka zögert nicht lange. Sie klappt das Nähtischchen auf. Sie weiß, was sie braucht. Sie nimmt Nadel und Faden, rotes Stickgarn und gelbe Wolle. Sie öffnet die Knopfschachtel und gräbt mit dem Zeigefinger. Dann pickt sie zwei hellblaue Knöpfe heraus.

Mit diesen Sachen kehrt sie in ihr Zimmer zurück und macht sich gleich an die Arbeit. Von der Omama hat sie den Umgang mit Nadel und Faden gelernt. Sie ist der

Omama jetzt richtig dankbar dafür. Und in der Schule hat sie mal einen Teddy gehäkelt. Das kann sie jetzt ebenfalls brauchen.

Katinka nimmt den Kniestrumpf und stopft Watte hinein. So fest wie möglich. Sie formt einen Kopf und schneidert ein Kleid. Sie gibt dem Gesicht eine winzige Nase, näht blaue Knopfaugen an und stickt einen roten Mund. Dann macht sie aus gelber Wolle die Haare. Das ist am schwersten von allem. Jede Strähne muß einzeln festgenäht werden. Und zum Schluß sind es mehr Zotteln als Strähnen.

Aber Katinka ist mit dem Ergebnis zufrieden. Sie muß es den anderen gleich zeigen.

»Guckt mal!« ruft sie. »Eure neue Kollegin!«

Alle gucken und staunen. Keiner weiß, was er sagen soll. Kasperl rührt sich als erster. »Donnerwetter!« ruft er. »Wer ist das denn?«

»Das ist Frau Gelbhaar«, lächelt Katinka. »Im Stück spielt sie meine Mama.«

Pause. Stille. Alle denken fieberhaft nach. Frau Gelbhaar guckt stumm vor sich hin.

Endlich macht Kasperl eine kleine Verbeugung und sagt: »Sehr erfreut, dich kennenzulernen.«

Da hebt Frau Gelbhaar den Kopf. »Ganz meinerseits«, antwortet sie freundlich.

So, und nun kann die Probe endlich beginnen. Katinka muß nur noch erzählen, was für ein Stück sie sich ausgedacht hat. Wer tritt zuerst auf?

Kasperl natürlich!

Wer noch?

»Ich!« ruft Katinka. »Das heißt, die Prinzessin!«

»Hilfe!« jammert die Prinzessin. »Ich kann das bestimmt nicht.«

»Kannst du wohl!« sagt Katinka. »Ich weiß es.«

Dann geht sie zur Tür und schließt ab. Niemand darf zugucken. Die Probe ist streng geheim. Vor Publikum spielen sie erst in drei Tagen.

Hoch soll sie leben!

Aufwachen, wenn der helle Morgen durch die Ritzen der Rolläden blinkt. Langsam begreifen, daß man Geburtstag hat. Sein Herz klopfen fühlen, weil man so neugierig ist auf die Geschenke. Kann es auf der Welt noch etwas Schöneres geben?

Katinka reckt sich und streckt sich und verschränkt die

Arme unter dem Kopf. Dann liegt sie ganz still und hält die Augen weit offen. Wer wird wohl der erste sein, der ihr gratuliert?

Na, wer wohl? Kasperl natürlich.

»Tri-tra-trullalla«, kommt sein Lied aus der Puppenkiste. Zuerst singt er, und dann singt der ganze Chor:

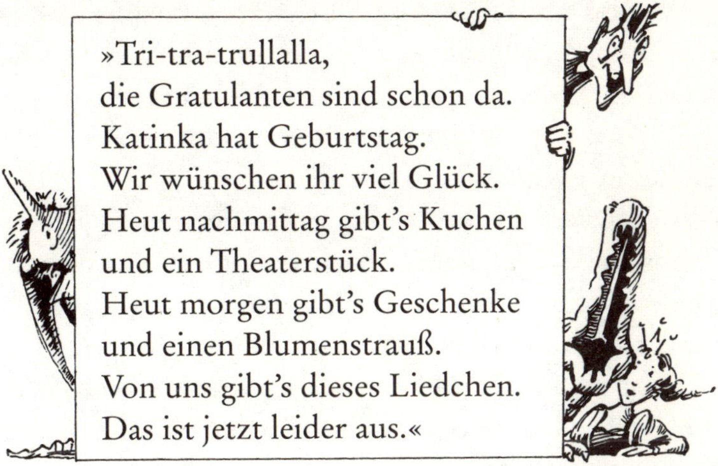

»Tri-tra-trullalla,
die Gratulanten sind schon da.
Katinka hat Geburtstag.
Wir wünschen ihr viel Glück.
Heut nachmittag gibt's Kuchen
und ein Theaterstück.
Heut morgen gibt's Geschenke
und einen Blumenstrauß.
Von uns gibt's dieses Liedchen.
Das ist jetzt leider aus.«

Katinka freut sich. Es war wirklich ein schönes Lied. Und ein schönes Geburtstagsgeschenk. Auch wenn man es nicht anfassen kann.

»Danke«, sagt sie, »das hat mir gut gefallen.« Sie hebt den Kopf und kann die Gratulanten in dem frühen Dämmerlicht nun deutlich erkennen. Frau Gelbhaar ist auch da. Ihre Zottelsträhnen leuchten hell um das dunkle Gesicht.

»Hallo, Frau Gelbhaar! Wie war die erste Nacht in der Puppenkiste?«

»Gut«, erwidert Frau Gelbhaar, »ein bißchen eng, aber

gemütlich. Alle waren sehr nett zu mir. Besonders Kasperl.«

Katinka nickt. Kasperl ist manchmal ein ruppiger Bursche. Doch er weiß, was sich gehört.

»Frau Gelbhaar«, sagt Katinka, »glaubst du, daß meine Mama heute nachmittag kommt?«

»Ja, das glaube ich«, antwortet Frau Gelbhaar. »Sie will dich unbedingt sehen. In Wirklichkeit und im Stück.«

»Dich und die anderen will sie auch sehen«, meint Katinka. »Hoffentlich klappt bloß alles!« Plötzlich hat sie ein leises Kribbeln im Bauch.

»Natürlich klappt alles!« ruft Kasperl. »Es hat doch schon bei der letzten Probe geklappt.«

»Mir ist so komisch im Bauch«, stöhnt Katinka. »Als wären da lauter Ameisen drin.«

»Das ist das Lampenfieber«, sagt Kasperl. »Alle Schauspieler haben vor der Aufführung Lampenfieber. Das ist ganz normal.«

»Hast du auch Lampenfieber?« will Katinka wissen.

»Na klar!« schreit Kasperl. »Mindestens achtundvierzig drei.«

Katinka lacht. Natürlich war das ein Witz.

Doch nun geht die Tür auf, und die Omama kommt herein. Sie zieht die Rolläden hoch wie jeden Morgen und dreht sich um. Sie sagt: »Herzlichen Glückwunsch zum Geburtstag!« und beugt sich zu Katinka hinunter. Ihre Hände sind fest und kühl. Sie riecht nach gewaschenem Hals und geputzten Zähnen. Omamas Küsse sind selten. Omamas Küsse sind ungewohnt.

Katinka hält still. Und denkt an das Stück, das sie heute nachmittag spielen werden.

Die Omama sagt: »Alles Gute, mein Kind!«

»Danke schön, Großmutter«, antwortet Katinka.

Die Omama lacht. »Bin ich nicht mehr deine Omama?« fragt sie.

Katinka merkt, daß sie rot wird. Soll sie mitlachen? Soll sie sagen, daß sie sich nur versprochen hat? Soll sie der Omama auch einen Kuß geben?

Aber sie hat keine Zeit mehr. Die Omama schlägt die Decke zurück und erklärt: »Dein Geburtstagstisch wartet. Waschen und anziehen kannst du dich später.« Dann geht sie hinaus. Katinka hüpft aus dem Bett und hinter ihr her.

Kerzenschimmer kommt ihr entgegen. An der Wohnzimmertür bleibt sie stehen. Bunt leuchtet der Tisch. In der Mitte die Lichter, daneben der Blumenstrauß, ringsherum schön verteilt die Geschenke.

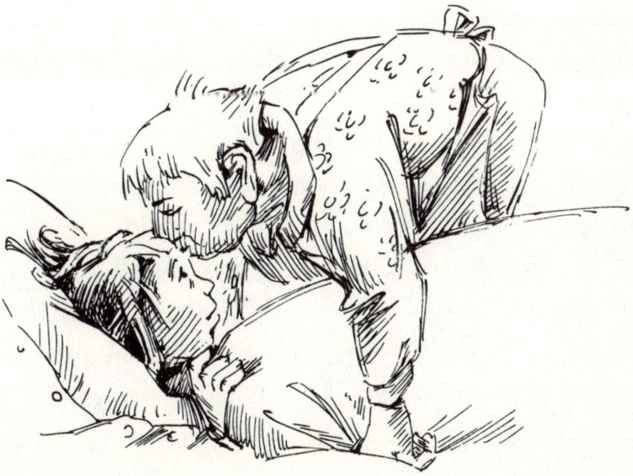

Im Sessel daneben sitzt Papa. Er ist noch im Bademantel und sieht ziemlich verschlafen aus.

»Nicht mal rasiert!« schimpft die Omama. Und er reibt sich beschämt das Kinn.

»Ist doch nicht schlimm!« ruft Katinka und springt ihm schnell auf den Schoß. Sie holt sich ihren Glückwunsch, zwei kratzige Küsse und eine flauschig weiche Umarmung.

Dann schiebt Papa sie fort. »Nun mal ran an die Geschenke!«

Die Kerzen flackern. So weht und wedelt Katinka mit dem Papier. Oh, was für tolle Sachen! – Ein Buch mit Geistergeschichten. Ein Kasten voll klimpernder Perlen. Ein Schlafanzug. Ein Kartenspiel. Eine Schachtel Katzenzungen. Noch ein Buch, mit Stücken fürs Kasperltheater. Ein silbernes Kettchen mit einem silbernen Anhänger. Der Anhänger ist ein Eichhörnchen. Das Eichhörnchen hat ein rot funkelndes Auge. Dieses Auge ist ein Rubin. Na, die Prinzessin wird staunen!

»Ein echter Edelstein!« sagt die Omama. »Da mußt du immer gut aufpassen.«

Papa legt Katinka das Kettchen um. Er hat es in Frankfurt für sie gekauft. Er ist ganz stolz darauf. Das merkt man ihm an.

Katinka streichelt das Eichhörnchen an ihrem Hals und läßt die Augen dabei über ihren Geburtstagstisch wandern. Ist da nicht noch was? Sie hat sich doch eine Flöte gewünscht. Hat sie das nicht gesagt? Nein, eine Flöte ist nicht dabei. Schade! Gleich kommt sie sich undankbar vor.

Sie hat so viele schöne Geschenke bekommen. Noch eins mehr wäre wirklich zuviel.

Der Schlafanzug hätte natürlich nicht sein müssen. Was kostet ein Schlafanzug? Was kostet eine Flöte? Hätte man nicht vielleicht für den Schlafanzug auch eine Flöte bekommen?

»Der Schlafanzug ist dir vielleicht noch ein bißchen zu groß«, sagt die Omama. »Aber er gefällt dir doch, oder?«

Katinka nickt. Der Schlafanzug sieht wirklich schön kuschelig aus. Und er hat ihre Lieblingsfarben. Die Hose ist grün, das Oberteil grün-blau gestreift.

»So, jetzt ins Bad!« ordnet die Omama an. »Ich decke inzwischen den Tisch.«

Das Frühstück wird lustig, weil Papa dabei ist. Katinka lacht viel und ißt nur ganz wenig. Wenn sie aufgeregt ist, hat sie nie Hunger. Aber die Omama schimpft nur ein bißchen.

Dann rennt Katinka zur Schule. Die Sonne scheint, und sie trägt das Kleid mit den roten Blümchen. Ihre Füße in den weißen Sandalen sind leicht wie Vogelflügel.

Frau Mertens weiß, daß sie Geburtstag hat. Sie sagt: »Herzlichen Glückwunsch, Katinka!« Und dann singt die Klasse den Kanon, der für alle Geburtstagskinder gesungen wird: »Wir wünschen dir von Herzensgrund, bleib immer fröhlich und gesund!« Zum Schluß lassen sie Katinka hochleben. Dreimal natürlich. Und so laut, daß die ganze Schule es hört.

In der Pause stehen alle, die Katinka eingeladen hat, um sie herum und reden von dem, was sie nachmittags machen werden. Tine steht ganz in der Nähe und sieht so aus, als ob sie gern mitreden würde.

»Die platzt vor Neid«, erläutert Philipp, als sie in die Klasse zurückgehen.

»Soll sie doch!« sagt Katinka. Und meint es auch so.

Philipp nickt. »Ja, soll sie doch!« wiederholt er und lacht.

Katinka setzt sich neben ihn und denkt an Seppel. Denkt an die Rolle, die er am Nachmittag spielen wird. Ob Philipp dann immer noch lacht?

Lampenfieber

Mittags ist Katinka mit der Omama allein. Es gibt nur Nudelsuppe von gestern. Sie essen beide nicht viel. Katinka hat keinen Hunger, und die Omama will sich bald etwas hinlegen. Sie muß sich ausruhen für den Besuch.

Katinka trödelt herum. Hausaufgaben hat sie nicht auf. Die Zeit wird ihr lang. Sie liest in dem Buch mit den Stücken für Kasperltheater. Die sind leider ganz anders als ihr eigenes Stück.

»Na und?« ruft Kasperl. »Mach dir bloß keine Gedanken! Was wir spielen ist besser. Wir werden rasenden Beifall kriegen. Warte nur ab!«

»Du willst mich nur trösten«, murmelt Katinka. »Du hast die Stücke im Buch ja gar nicht gelesen.«

»Ach, die Stücke im Buch!« sagt Kasperl verächtlich.

»Die sind doch langweilig. Bei uns sehen die Leute ein Stück aus dem wirklichen Leben. Das finden sie bestimmt viel spannender.«

Katinka seufzt. »Wir wollen es hoffen.«

»Oder hast du vielleicht wieder Angst?« fragt die Prinzessin.

Katinka schüttelt den Kopf. Nein, Angst hat sie eigentlich nicht. Immer noch Herzklopfen, ja. Aber das kommt bestimmt nur vom Lampenfieber. Und Lampenfieber haben sie alle.

»Bei Lampenfieber muß man zusammenhalten«, sagt Kasperl. »Das ist gut für die Schauspieler und gut für die Vorstellung.«

Frau Gelbhaar lächelt und nickt. Sie ist erst drei Tage dabei. Aber man kann sich schon fest auf sie verlassen. Katinka lächelt zurück.

Die Omama ruft aus der Küche. Und nun geht auf einmal alles sehr schnell. Auf der Terrasse müssen zwei Tische gedeckt werden, ein großer für die Kinder und ein kleiner für die Erwachsenen. Katinka tut, was sie kann. Zum Schluß schleppt sie die Puppenkiste nach unten.

»Ach ja, dein Theaterstück!« erinnert sich die Omama. »Meinst du wirklich, das will einer sehen?«

»Und ob!« sagt Kasperl. »Meine Großmutter in ihrer neuen Rolle kriegt ganz bestimmt Sonderapplaus.«

Katinka muß lachen und hält sich schnell die Hand vor den Mund. Aber die Omama hat zum Glück nichts gemerkt. Sie holt den Streuselkuchen und die Johannisbeertorte und ist auf beides sehr stolz.

Es klingelt. Katinka rennt gleich zur Tür. Es klingelt und klingelt. Katinka muß immerzu rennen. Es kommen Stefan, Lena, Dennis, Timo, Laura und Isabell. Es kommt Tante Eva. Endlich kommt Philipp mit seiner Mutter. Zum Schluß kommt Papa. Natürlich ohne zu klingeln.

Nur Mama kommt nicht. Klingelt nicht und kommt nicht. Katinka wartet und hofft. Sie begrüßt ihre Gäste und läßt sich umarmen. Sie nimmt Geschenke entgegen und packt sie aus. Sie läuft auf die Terrasse und wieder zur Tür. Sie wartet und hofft.

Papa gießt Kaffee ein. Die Omama verteilt den Kakao. Dann sitzen alle auf ihren Plätzen. Sie essen und trinken. Es gibt auch noch Mohrenköpfe und Mandelhörnchen. Die sind nicht selbstgebacken, aber trotzdem sehr gut. Die Johannisbeertorte ist natürlich am besten. Philipps Mutter fragt wieder mal nach dem Rezept. Aber die Omama verrät es ihr nicht.

Katinka wartet und hofft.

»Und jetzt wird gespielt!« schreit Dennis. Er schmeißt seinen Stuhl um und saust in den Garten. Die anderen hinter ihm her.

Katinka hat leider noch was auf dem Teller. Ausgerechnet Johannisbeertorte. Die Omama schüttelt den Kopf.

»Nun lauf schon!« sagt Tante Eva. »Ich esse den Rest.«

»Komm doch!« ruft Philipp.

»Komm doch!« ruft Isabell.

Katinka rennt los und fällt dabei fast über die Puppenkiste.

»Komm doch!« ruft Kasperl. »Spielen wir unser Stück!«

»Später«, flüstert Katinka, »wenn Mama da ist.«

»Sie kommt ja gar nicht«, kichert der Teufel.

Katinka läuft zu den anderen. Für eine Weile vergißt sie das Warten und Hoffen.

»Nicht so laut!« ruft die Omama. Aber die Omama hat nichts zu sagen. Acht Kinder verändern den Garten. Acht Kinder verändern die Welt.

Als alle glühend und ausgepumpt auf dem Rasen liegen, wird Katinka wieder sie selbst. Sie blickt zur Terrasse hinüber. Da sitzen die vier Erwachsenen. Das Theater lehnt an der Wand. Davor steht die Puppenkiste. Mama ist nicht gekommen. Aber Frau Gelbhaar wartet. Und Kasperl sitzt bestimmt schon wie auf glühenden Kohlen.

Katinka steht auf und klatscht in die Hände. »Jetzt kommt mein Theaterstück!« ruft sie. »Ihr könnt schon die Stühle aufstellen.«

Noch nie hat irgend jemand Katinka gehorcht. Jetzt tun sieben Kinder und vier Erwachsene auf einmal das, was sie sagt. Sie schieben die Tische zur Seite, klappen das Theater auseinander, holen die Puppenkiste und stellen die Stühle auf. Dann nehmen sie ohne Widerspruch Platz – die Kleinen vorn und die Großen hinten.

Katinka verschwindet hinter der Bühne. Der Vorhang ist noch geschlossen. Sie kniet vor der Puppenkiste und sagt: »So, Freunde, jetzt ist es soweit.«

Zehn Gesichter, zehn Augenpaare sehen sie aufmerksam an.

Katinka läßt ihre Finger ein bißchen Gymnastik machen. Sie braucht gleich zwei flinke, bewegliche Hände.

»Komm, Kasperl!« sagt sie. »Du bist der erste.«

»Weiß ich«, nickt Kasperl. »Denkst du, ich hab das vergessen?«

Doch bevor er sein Lied singt, spuckt er Katinka dreimal kurz über die Schulter. Das machen Schauspieler, wenn sie sich Glück und Erfolg wünschen. »Toi, toi, toi«, sagt er dabei. »Ich weiß, daß es klappt.«

Er wirft noch rasch einen Blick durch den Vorhang. Auch das ist bei Schauspielern so üblich. Vor der Aufführung wollen sie wissen, wie ihr Publikum aussieht.

Kasperl guckt und guckt und zeigt Katinka den Rücken.

»Fang an!« flüstert sie. »Sing jetzt dein Lied!«

Aber Kasperl singt nichts und sagt nichts. Rührt sich nicht mal.

Was hat er denn bloß?

»Nun mach schon!« drängt sie. »Zieh den Vorhang auf!«

Endlich dreht er sich um. Ja, was macht er denn für ein Gesicht?

»Guck doch mal!« sagt er beschwörend. »Da steht jemand. Hinten am Zaun!«

Katinkas Herz macht einen Hüpfer. Sie schiebt den Vorhang ein kleines Stück auseinander. Sofort sieht sie es auch: Draußen am Gartenzaun steht eine Frau. Eine blonde Frau in einem weißblauen Kleid. Sie versteckt sich halb hinter dem Fliederbusch. Das Publikum kehrt ihr den Rücken zu. Nur Katinka und Kasperl können sie sehen.

»Mama!« flüstert Katinka.

»Wer sonst?« wispert Kasperl.

In der Puppenkiste schüttelt Frau Gelbhaar ihre Zottelsträhnen und lacht.

Noch einmal schauen Katinka und Kasperl hinaus. Es kommt ihnen so vor, als hätte die blonde Frau sie gesehen. Hebt sie nicht grüßend die Hand? Nickt und lächelt sie nicht? »Sie will, daß wir anfangen«, sagt Kasperl.

»Soll sie nicht reinkommen?« fragt Katinka. »Sie kann sich doch zu den andern setzen.«

Kasperl schüttelt den Kopf. »Ich glaube, sie will lieber da stehen bleiben.«

»Na gut«, sagt Katinka, »aber wenn das Stück aus ist, holen wir sie.«

Kasperl klatscht in die Hände. »Bravo, bravissimo!« ruft er. »Dann geht es jetzt los!«

Kasperl und Frau Gelbhaar

Mit beiden Armen schiebt Kasperl den Vorhang auseinander. Dazu singt er:

»Tri-tra-trullalla,
jetzt ist der Kasperl endlich da!
Er grüßt das werte Publikum,
tri-tra-trullallum.

Er grüßt die schönen Damen,
er grüßt die feinen Herrn,
grüßt alle, die da kamen
von nah und auch von fern.«

So, der Vorhang ist offen! Kasperl schwingt sein rechtes Bein über den Bühnenrand und setzt sich gemütlich hin.

»Na, hat euch das Lied gefallen?« fragt er.

Ja, allen hat das Lied gefallen.

»Meint ihr, es soll jetzt losgehen?«

Ja, alle meinen, es soll jetzt losgehen.

»Von wegen!« ruft Kasperl. »Es geht noch lange nicht los! Zuerst zeige ich euch, wer alles mitspielt. Sonst versteht ihr das ganze Stück nicht.«

Schon trippelt die Prinzessin um die Ecke. Nur wer sie gut kennt, merkt, daß sie etwas aufgeregt ist.

»Damen und Herren!« ruft Kasperl. »Wißt ihr, wer das ist?«

Ja, das ist natürlich die Prinzessin.

»Stimmt!« sagt Kasperl. »Aber im Stück ist die Prinzessin nicht die Prinzessin – sondern Katinka.«

Aaah! Großes Erstaunen im Publikum.

Die Prinzessin trippelt davon. Und nun kommt der König. Freundlich grüßend hebt er die Hand.

»Damen und Herren!« ruft Kasperl. »Natürlich kennt ihr diesen vornehmen Mann. Aber laßt euch sagen, im Stück ist der König nicht der König – sondern Katinkas Papa.«

Aaah! Das hätte tatsächlich niemand gedacht.

Der König geht. Und Seppel erscheint. Er nimmt seinen Federhut ab und macht eine knappe Verbeugung.

»Damen und Herren!« ruft Kasperl. »Ihr wißt, dies ist mein lieber Freund Seppel. Aber im Stück ist Seppel nicht Seppel – sondern Katinkas Freund Philipp.«

Aaah! Ja, wenn das so ist!

Seppel lacht und schwenkt zum Abschied den Hut. Sofort taucht die Großmutter auf. Sie streicht sich die Schürze glatt und scheint ein bißchen verlegen.

»Damen und Herren!« ruft Kasperl. »Meine liebe Großmutter muß ich wohl niemandem vorstellen. Aber im Stück ist sie nicht meine Großmutter – sondern Katinkas Omama.«

Aaah! Na, das wird ja was geben!

Die Großmutter geht. Auf der Bühne steht jetzt Frau Gelbhaar. Ihre Zottelsträhnen leuchten. Ihre Knopfaugen strahlen.

»Damen und Herren!« ruft Kasperl. »Und nun zeige ich euch jemand, den ihr nicht kennt. Es ist meine neue Kollegin Frau Gelbhaar. Im Stück ist sie nicht nur Frau Gelbhaar – sondern obendrein Katinkas Mama.«

Aaah! Staunen und Stille. Auf dieses Stück darf man gespannt sein.

Der Polizist und der Räuber, das Krokodil und der Teufel gucken noch kurz um die Ecke. Aber mit ihnen sind keine Überraschungen verbunden. Sie sind, was sie sind. Ein Glück!

»Seid ihr jetzt alle neugierig?« fragt Kasperl.

Ja, alle sind schrecklich neugierig.

Na, dann geht es nun endlich los. Kasperl bleibt gleich am Bühnenrand sitzen und singt:

»Tri-tra-trullalla,
noch bin ich ganz alleine da.
Wenn einer kommt, dann bin ich froh!
Tri-tra-trullallo.«

Aber es kommt keiner. Also singt Kasperl weiter:

»Tri-tra-trullalla,
ach, wär doch bloß schon einer da!
Alleine sein ist wirklich dumm,
tri-tra-trullallum.«

Na, nun kommt endlich jemand. Eine nette Person mit hellen Zottelsträhnen und freundlichen Knopfaugen. Ach ja, Frau Gelbhaar! Kasperl freut sich. Er kann Frau Gelbhaar gut leiden. Das sieht man ihm an.

»Guten Morgen, Frau Gelbhaar! Schon so früh unterwegs?«

»Guten Morgen, Kasperl! Ja, ich mache einen kleinen Spaziergang. Die Sonne scheint so hell, und die Vögel singen so lustig. Vielleicht bringt mich das auf andere Gedanken.«

»Was ist denn, Frau Gelbhaar? Geht es dir nicht gut?«

Frau Gelbhaar seufzt. »Ach, Kasperl! Meine kleine Tochter hat in drei Tagen Geburtstag, und ich kann nicht bei ihr sein. Das macht mich sehr traurig.«

»Warum kannst du nicht bei ihr sein? Bist du nicht eingeladen?«

»Ach, Kasperl! Ich glaube, Katinka hat mich vergessen. Sie läßt gar nichts mehr von sich hören. Neulich hab ich ihr einen Brief geschrieben, und sie hat mir nicht mal geantwortet.«

»Das versteh ich nicht«, sagt Kasperl. »Du bist doch eine bildschöne Person. Bestimmt bist du auch eine liebe Mama.«

»Ach, Kasperl!« seufzt Frau Gelbhaar zum drittenmal. »Ich hab Katinka schon so lange nicht mehr gesehen. Wie kann ich ihr nur zeigen, daß ich immer noch ihre liebe Mama bin?«

»Keine Ahnung«, sagt Kasperl. »Aber hör mal, Frau Gelbhaar! Wie heißt deine kleine Tochter? Katinka?«

Frau Gelbhaar nickt. »Ja, Katinka heißt sie. Ich hab den Namen für sie ausgesucht. Ihr Vater war damit einverstanden. Nur ihre Großmutter hätte sie lieber Hermine genannt.«

»Hm«, macht Kasperl, »dann hat deine Katinka ja noch mal Glück gehabt. Übrigens kenne ich auch eine kleine Katinka. Die hat auch in drei Tagen Geburtstag. Die hat ihre Mutter auch schon lange nicht mehr gesehen.«

»Nein, so etwas!« ruft Frau Gelbhaar. »Wie sieht sie denn aus?«

»Sie hat blonde Haare wie du und nußbraune Augen wie ihr Papa.«

Frau Gelbhaar schlägt die Hände zusammen. »Und wo wohnt sie?«

»Bei ihrem Papa und ihrer Oma. Ihr Papa heißt Jürgen, und ihre Oma muß sie Omama nennen.«

»Sie ist es!« ruft Frau Gelbhaar. »Meine Katinka! O Kasperl, wie geht es ihr? Ist sie gesund? Kriegt sie genug zu essen? Wie gefällt es ihr in der Schule? Denkt sie manchmal an mich?«

»Sapperlottchen!« ruft Kasperl. »Das waren ziemlich viele Fragen auf einmal. Und sie sind nicht mal nur mit ja oder nein zu beantworten.«

»Dann beantworte mir nur eine einzige Frage!« bittet Frau Gelbhaar. »Hast du Katinka gern?«

»Jaaaa!« schreit Kasperl. »Natürlich hab ich sie gern! Sie ist das netteste kleine Mädchen auf der ganzen Welt. Aber außerdem ist sie leider ein ziemlicher Feigling.«

»Ein Feigling?« Frau Gelbhaar ist ganz erschrocken. »Wie meinst du das, Kasperl?«

»Sie sagt nie, was sie denkt. Sie traut sich nicht. Sie hat immerzu Angst.«

»Angst? Ja, wovor denn?«

»Sie hat Angst, daß die Omama schimpft. Sie hat Angst, daß der Papa ihr böse ist. Sie hat Angst, daß ihr Freund Philipp lieber mit anderen spielt.«

»Aber, Kasperl, das ist ja schrecklich! Dann muß meine Katinka ja ziemlich unglücklich sein.«

»Das kann man wohl sagen. Manchmal hängen ihr die Ohren vor Kummer bis auf die Schultern.«

»Ach, Kasperl! Kannst du ihr denn nicht helfen? Du bist doch so ein tapferer Kerl.«

»Das stimmt!« nickt Kasperl und singt gleich:

»Der Kasperl ist ein frecher Wicht,
der Kasperl, der hat Mut.
Katinka aber traut sich nicht.
Das findet keiner gut.«

»Nein, das finde ich auch nicht gut«, sagt Frau Gelbhaar. »Ach, Kasperl, du mußt unbedingt mal mit ihr reden!«

»Ich?« ruft Kasperl. »Ich hab mir schon Fransen an die Lippen geredet. Aber sie hört nicht auf mich.«

Frau Gelbhaar sieht ihn nachdenklich an. »Hör mal«, sagt sie, »wie bist *du* eigentlich so mutig geworden?«

»Ich war schon immer so. Solange ich denken kann. Wahrscheinlich liegt es an meiner Großmutter. Manche sagen, sie hat mir was ins Essen getan!«

»Ins Essen getan? Was soll das heißen, Kasperl?«

»Oh, es wachsen viele Kräuter in Großmutters Garten.«

»Welche Kräuter denn, Kasperl?«

»Petersilie, Dill, Liebstöckel, Rosmarin, Pimpernell ...«

»Was noch, Kasperl? Was noch?«

»Dann noch das Kräutlein Traudichwas und das Kräutlein Machmirmut. Die streut meine Großmutter mir immer ganz frisch über die Suppe.«

»Die werden es sein!« ruft Frau Gelbhaar. »Ich muß auf der Stelle mit deiner Großmutter reden.«

Kasperl grinst. »Das geht leider nicht. Meine Großmutter hat heute schon was anderes vor.«

»Wie schade!« seufzt Frau Gelbhaar. »Die Kräutlein Traudichwas und Machmirmut sind bestimmt das, was unserer Katinka fehlt.«

»Kann schon sein«, sagt Kasperl. »Warum bin ich nicht selbst drauf gekommen? Aber noch ist es ja nicht zu spät. Weißt du was, Frau Gelbhaar? Ich laufe schnell in Großmutters Garten und pflücke von jedem Kräutlein ein großes Büschel.«

»Tu das, lieber Kasperl! Aber kennst du sie denn auch ganz genau? Wirst du nichts Falsches pflücken?«

»Keine Angst, Frau Gelbhaar! Natürlich kenne ich sie ganz genau. Das eine Kräutlein blüht weiß, das andere blau. Und beide stehen augenblicklich in voller Blüte.«

»Dann lauf nur, Kasperl! Pflück das Kräutlein Traudichwas und das Kräutlein Machmirmut! Und laß Katinka davon probieren!«

»So schnell wie möglich, Frau Gelbhaar! Du kannst dich auf mich verlassen. Aber sag mal, willst du nicht mitkommen?«

»Ach, Kasperl, ich glaube, die Omama würde mich gar nicht ins Haus lassen. Und Katinka traut sich gewiß nicht, ihr zu widersprechen.«

»Kann schon sein!« ruft Kasperl. »Jetzt noch nicht, aber bald!« Damit braust er davon. Frau Gelbhaar geht heim.

Unterwegs trifft Kasperl den Polizisten, den Teufel, den Räuber und das Krokodil. Einen nach dem anderen. Und er erzählt jedem, was er Frau Gelbhaar versprochen hat.

Es ist schon seltsam! Der Polizist, der Räuber, der Teufel und das Krokodil sind ja nun wirklich sehr verschieden voneinander. Aber alle vier hören aufmerksam zu und möchten am liebsten helfen. Wenn es um Katinka geht, halten sie fest zusammen.

Der Polizist will Kasperl sein Dienstfahrrad zur Verfügung stellen, damit er schneller vorwärts kommt. Der Teufel will ihn sogar unter seinen Zaubermantel nehmen und wie auf Flügeln von Ort zu Ort bringen. Der Räuber will ihm seinen Räubersack leihen, damit er die wunderbaren Kräutlein in großer Menge pflücken kann. Und das Krokodil will vorab ein paar Stengelchen probieren. Nein, nicht, weil es hungrig ist. Sondern damit man auch ganz sicher weiß, daß das Zeug Katinka nicht schadet.

»Ihr seid wirklich sehr nett heute«, sagt Kasperl. »Aber ich schaffe das schon allein.«

Dann braust er weiter. Braust in Großmutters Garten. Findet gleich, was er sucht. Pflückt ein Büschel Traudichwas und ein Büschel Machmirmut. Braust damit zu Katinka.

Und er hat Glück. Katinka, die ganz so aussieht wie die Prinzessin, sitzt gerade am Tisch vor einem großen Teller und löffelt Suppe.

»Was ist das für eine Suppe?« fragt Kasperl.

»Tomatensuppe«, sagt die Prinzessin Katinka.

»Und? Schmeckt sie dir?«

»Igitt! Nein, mir ist schon ganz schlecht.«

»Warum läßt du sie nicht einfach stehen?«

»Die Omama hat gesagt, daß ich sie aufessen muß.«

»Und das tust du? Auch wenn dir schlecht ist?«

»Ich muß doch!« seufzt die Prinzessin Katinka.

»Warte!« sagt Kasperl und grinst. »Es wird dir gleich besser schmecken. Hier sind zwei Kräutlein aus Großmutters Garten.« Er nimmt das Kräutlein Traudichwas, danach das Kräutlein Machmirmut und streut beides über die Suppe.

Die Prinzessin Katinka löffelt und lacht. »Gar nicht so schlecht«, stellt sie fest. »Jetzt schmeckt man vor lauter Kräutlein die Suppe nicht mehr.«

Kasperl sieht sie neugierig an. »Und sonst? Sonst merkst du nichts?«

»Nein, was soll ich denn noch merken?«

»Warte nur ab! Du merkst es wohl erst, wenn die Omama kommt.«

Die Prinzessin Katinka horcht auf. »Ich glaube, da kommt sie schon. Ich hab den Schlüssel gehört.«

Kasperl reibt sich die Hände. »Du hast alles aufgegessen. Da wird sich die Omama freuen. Darf ich euch zuhören?«

»Bleib nur hier«, nickt die Prinzessin Katinka.

»Nein, ich verstecke mich lieber!« ruft Kasperl und verschwindet fix hinter dem Vorhang.

Es wird auch Zeit. Kaum ist er weg, da taucht schon die Omama auf. Und weil sie so aussieht wie Kasperls Großmutter, kann man sie getrost Großmutter Omama nennen.

Die Prinzessin Katinka reckt und streckt ihre Arme. Sie fühlt sich mit einem Mal unerhört stark. Sie versteht das selbst nicht. Aber sie findet es gut.

»Na, mein Kind«, sagt die Großmutter Omama, »hast du deine Suppe gegessen?«

»Ja«, nickt die Prinzessin Katinka, »dabei hat sie wahrhaftig scheußlich geschmeckt.«

Es kichert hinter dem Vorhang.

»Scheußlich?« fragt die Großmutter Omama überrascht. »Du meinst wohl – köstlich.«

Die Prinzessin Katinka schüttelt den Kopf. »Wenn ich ›scheußlich‹ sage, meine ich das auch. Was gibt es morgen?«

»Morgen gibt es Fisch. Fisch einmal die Woche muß sein.«

»Iiih, Stinkefisch!« ruft die Prinzessin Katinka. »Bestimmt wieder Kochfisch mit flüssiger Butter.«

»Ja«, nickt die Großmutter Omama, »Kochfisch ist sehr gesund.«

»Andere Sachen sind auch gesund. Mein Freund Kasperl kriegt bei seiner Großmutter immer Bratwurst mit Rotkohl. Das ist sein Lieblingsgericht.«

Diesmal schmatzt es hinter dem Vorhang. Ganz so, als ob da jemand sein Lieblingsgericht verzehrt.

Die Großmutter Omama hat zum Glück nichts gehört. »Ach, Kasperl, der Holzkopf! Der kann mir gestohlen bleiben. Und von seiner Großmutter halte ich auch nicht viel.«

Die Prinzessin Katinka ist sehr empört. »Du kennst sie doch gar nicht. Du hast noch kein Wort mit ihr geredet. Dabei könntest du eine ganze Menge von ihr lernen.«

»Ich? Lernen? Von Kasperls Großmutter? Was findest du denn an der dummen Person?«

»Sie ist immer lieb. Sie schimpft nicht und droht nicht. Man muß keine Angst vor ihr haben.«

»Soll das etwa heißen, daß man vor mir Angst haben muß?«

»Ja!« sagt die Prinzessin Katinka mit Nachdruck. »Manchmal benimmst du dich wirklich wie ein oller Hauptmann!«

Bum. Da kippt die Großmutter Omama um. Sie ist tatsächlich vor Schreck in Ohnmacht gefallen.

Kasperl schiebt seine große Nase hinter dem Vorhang hervor und ruft: »Keine Sorge! Sie wacht bestimmt gleich wieder auf!«

Kaum ist die Nase weg, da eilt Katinkas Papa herbei. Er sieht so aus wie der König. Das darf niemanden wundern. Er kommt gerade aus Frankfurt. Seine Reise war lang und beschwerlich.

»Was gibt es zu essen?« erkundigt er sich. »Hoffentlich keinen Milchreis mit Zucker und Zimt!«

Dann sieht er die Großmutter Omama auf dem Boden liegen und kriegt einen Schreck. »Ja, was hat sie denn?« ruft er. »Sie ist doch noch nie in Ohnmacht gefallen!«

Die Prinzessin Katinka zuckt nur die Achseln. »Keine Sorge! Sie wacht bestimmt gleich wieder auf.«

»Das habe ich auch schon gesagt«, behauptet eine Stimme hinter dem Vorhang.

Papa König beugt sich über die Omama. »Was ist denn passiert? Hat sie sich aufgeregt? Vielleicht über dich?«

»Ich hab nur gesagt«, erklärt die Prinzessin Katinka, »daß sie sich manchmal benimmt wie ein oller Hauptmann.«

Papa König schaut seine Tochter fassungslos an. »Das hast du gesagt? Zur Omama? Daß sie sich manchmal benimmt wie ein oller Hauptmann?«

»Ja, findest du nicht?« fragt die Prinzessin Katinka. »Du hast es ihr wahrscheinlich noch nicht gesagt. Aber gedacht hast du es ganz bestimmt.«

Papa König schüttelt den Kopf. »Wie ein oller Hauptmann? Nein, das hab ich nicht mal gedacht.«

»Auch nicht, als du noch ein kleiner Junge warst?«

»Nein, ganz bestimmt nicht.«

»Papa!« ruft die Prinzessin Katinka. »Manchmal glaub ich dir nicht.«

Eine Weile ist es ganz still. Sogar hinterm Vorhang. Papa König tupft sich die Stirn.

Dann sagt die Prinzessin Katinka: »Denk bloß an den Milchreis mit Zucker und Zimt!«

Papa König winkt ab. »Lieber nicht! Als ich klein war, wurde mir davon immer ganz schlecht.«

»Warum hast du ihn denn gegessen?«

»Ich mußte. Die Omama hat es verlangt.«

»Wie hat sie es denn verlangt?«

»Ungefähr so ... wie ... wie ein oller Hauptmann.«

»Siehst du!« sagt die Prinzessin Katinka und lacht.

Papa König lacht auch. Das muß man ausnutzen.

»Hör mal«, sagt die Prinzessin Katinka, »ich hab in drei Tagen Geburtstag.«

Das ist Papa König schon klar.

»Kann ich mir noch was wünschen?«

Tja, eigentlich hat Papa König schon alles besorgt.

»Ich weiß aber ein Geschenk, das kann man nicht kaufen.«

Wirklich? Ja, was ist denn das für ein Geschenk?

»Ich wünsch mir, daß Mama kommt!« sagt die Prinzessin Katinka.

»Wie bitte? Was meinst du?« Papa König tupft sich die Stirn. »Ich dachte, du hättest Mama schon längst vergessen.«

»O nein! Ich weiß noch genau, wie sie aussieht. Und dann hab ich ja auch ein Foto von ihr. Siehst du? Hier ist es.«

Papa König betrachtet das Foto und schweigt.

»Hast du sie denn schon vergessen?« fragt die Prinzessin Katinka.

Papa König seufzt. »Ich glaube, ich hatte sie fast vergessen. Aber nun …« Er tupft sich die Augen. »… wenn ich das Foto anschaue … Da fällt sie mir wieder ein. Ich habe sie immer ›die schöne Frau Gelbhaar‹ genannt.«

»Der Name gefällt mir«, nickt die Prinzessin Katinka. »Also schicken wir der schönen Frau Gelbhaar schnell einen Brief.«

»Aber die Omama!« sagt Papa König. »Was wird die Omama sagen?«

Jetzt lacht die Prinzessin Katinka. »Keine Angst! Zu zweit werden wir den ollen Hauptmann schon kleinkriegen.«

Mit beiden Händen schiebt sie Papa König hinaus. Er soll eine Briefmarke holen. Aus dem schwarzen Kästchen oben auf seinem Schreibtisch.

Die Großmutter Omama ist immer noch nicht aus ihrer Ohnmacht erwacht. Sie gehört wohl doch besser ins Bett. Kasperl findet das auch. Er schlüpft aus seinem Versteck und faßt sie unter die Arme. »Komm, liebe Großmutter!« keucht er. »Äh, Omama, mein ich. Dein Kasperl, der Holzkopf, bringt dich nach oben!«

Jetzt klingelt es an der Haustür. Die Prinzessin Katinka macht auf. Herein kommt Philipp. Philipp mit Federhut. Weshalb er so aussieht wie Seppel.

»Hallo, Katinka«, sagt Philipp-Seppel, »gehst du mit schwimmen?«

»Na klar«, antwortet die Prinzessin Katinka, »ich muß nur noch rasch einen Brief schreiben.«

»Mußt du nicht auch noch deine Oma fragen?«

»Ob ich einen Brief schreiben darf?«

»Nein, ob du mit mir ins Schwimmbad darfst.«

»Ach was«, sagt die Prinzessin Katinka, »ich kann sie gar nicht fragen. Sie ist nämlich eben in Ohnmacht gefallen.«

»Oh, toll!« ruft Philipp-Seppel. »Dann geh ich gleich mein Badezeug holen.«

Die Prinzessin Katinka hält ihn am Ärmel zurück. »Bring was zu spielen mit! Am besten den roten Ball, den ich dir neulich geschenkt hab.«

»Den Ball? Ach, ich glaub, den hab ich nicht mehr.«

»Wo hast du ihn denn gelassen?«

»Ich hab ihn weiterverschenkt.«

»Du hast mein Geschenk weiterverschenkt? O Philipp, das war sehr gemein! Dann bin ich nicht mehr deine Freundin. Und du bist nicht mehr mein Freund.«

Die Prinzessin Katinka dreht Philipp-Seppel einfach den Rücken zu. Mal abwarten, was er jetzt macht!

Philipp-Seppel macht erst einmal gar nichts. Jedenfalls rührt er sich nicht. Er steht da und staunt. Und dann denkt er nach. Er kommt zu dem Schluß, daß die Prinzessin Katinka wohl recht hat. Und daß er sich besser entschuldigt.

»Es tut mir sehr leid«, sagt er kleinlaut. »Was kann ich tun, damit wir wieder Freunde sind?«

Die Prinzessin Katinka zuckt die Achseln. »Laß dir was einfallen!« erwidert sie kühl.

Philipp-Seppel hat offenbar eine gute Idee. »Ich schenk dir was«, sagt er. »Du weißt schon – das darfst du auch nie und nimmer weiterverschenken.«

Die Prinzessin Katinka dreht sich neugierig um. »Sag schon! Was ist es?«

Philipp-Seppel antwortet nicht. Er beugt sich vor und gibt ihr schnell einen Kuß. Den muß sie behalten. Für immer und ewig.

»Das war ein schönes Geschenk«, lacht die Prinzessin Katinka. »Dann bist du jetzt wieder mein Freund.«

»Und du meine Freundin!« ruft Philipp-Seppel. Erleichtert springt er davon. Er will jetzt sein Badezeug holen.

Die Prinzessin Katinka aber schreibt ihren Brief an Frau Gelbhaar. Sie schreibt und murmelt: »Liebe Mama, bitte komm zu meinem Geburtstag …« Sie macht bestimmt ein paar Fehler. Aber das ist ihr egal.

Kaum hat sie den Brief fertig, da stürzt Kasperl herein. »Die Omama ist aufgewacht!« ruft er. »Rate mal, was sie gesagt hat!«

Aber wie soll Katinka das raten?

»Sie hat gesagt, an deinem Geburtstag gibt es Bratwurst mit Rotkohl.«

»O Kasperl, das wird ein schöner Geburtstag! Meinst du, Mama kommt auch?«

»Na sicher! Hast du die Einladung fertig?«

»Hier ist sie. Es fehlt nur noch die Briefmarke. Ich möchte wissen, wo Papa bleibt.«

»Vielleicht macht er ein Schläfchen. Er sah ziemlich erschöpft aus. Kein Wunder!«

»Aber böse war er mir nicht.« Die Prinzessin Katinka wirkt sehr zufrieden.

Kasperl grinst. »Und was ist mit Philipp?«

»Der ist auch wieder mein Freund.«

»Hurra!« schreit Kasperl. »Dann geht's dir ja richtig gut!«

Die Prinzessin Katinka tanzt in der Stube herum und ruft: »So gut, so gut, so gut wie noch nie!«

Kasperl läßt sie tanzen. Er selbst schwingt sein Bein über den Bühnenrand und singt ins Publikum:

»Liebe Leute, hört mal her,
was Kasperl euch jetzt sagt!
Katinka ist kein Feigling mehr.
Katinka hat's gewagt.
Sie nahm ein bißchen Traudichwas
und etwas Machmirmut.
Katinka hatte großen Spaß.
Und Kasperl fand es gut.«

Haben das alle verstanden? Na, hoffentlich! Man muß es abwarten.

Kasperl hört auf zu singen. Die Prinzessin Katinka hört auf zu tanzen. Es gibt schließlich noch was zu erledigen. Der Brief an Frau Gelbhaar muß weg. Also, weg muß er eigentlich nicht. Er muß nur auf den Weg. Und zwar so schnell wie möglich.

»Gib ihn mir!« sagt Kasperl. »Dann brauchst du auch keine Briefmarke. Ich weiß, wo deine Mama wohnt. Und ich bin der zuverlässigste Postbote der Welt.«

Die Prinzessin Katinka hat nicht den kleinsten Zweifel. Zuerst gibt sie Kasperl den Brief. Danach gibt sie ihm einen Kuß. Keine Sorge! Nicht den von Philipp-Seppel. Nein, einen ganz anderen. Ist doch wohl klar.

»Jetzt schnell zu Frau Gelbhaar!« ruft Kasperl. Und schon braust er los. Aus der Ferne hört man sein Lied:

»Tri-tra-trullalla,
bald trifft Katinka die Mama.
Tri-tra-trullallaus,
Kasperls Stück ist damit aus.«

Na, so eine Überraschung!

Einen Augenblick ist es ganz still. Vor der Bühne und hinter der Bühne erst recht. Katinka läßt sich zurückfallen und schließt die Augen. Sie fühlt sich ganz leer. Ihr Hals und ihr Rücken sind steif. Ihre Knie tun weh. In ihren Armen und Beinen kribbelt es.

Was kommt jetzt? Kommt überhaupt was?

»Hörst du nicht?« flüstert Kasperl. »Da kommt der Beifall!«

Tatsächlich! Sie klatschen. Zuerst einer. Dann alle. Wer war der eine? Und wer sind alle? Klatschen Philipp und Papa und die Omama auch?

»Bravo!« ruft jemand. Und noch einmal: »Bravo!« Das war bestimmt Tante Eva.

Beifall und Bravo! Oh, was für ein süßes Geräusch!

»Bravo, Kasperl!«

»Bravo, Katinka!«

»Bravissimo, Kasperl und Katinka!«

Kasperl nickt und reibt sich die Hände. »Na also«, sagt er, »das gehört sich auch so.«

Katinka öffnet die Augen und rappelt sich auf. Sie muß sich jetzt sehen lassen. Alle müssen sich sehen lassen und sich bedanken. Katinka und Kasperl und die Prinzessin zuerst. Zu dritt schauen sie über den Bühnenrand. Der Beifall schwappt ihnen entgegen. Ja, alle klatschen. Philipp und Papa und die Omama mit leichter Verspätung.

Katinkas Blick fliegt zum Gartenzaun. Mama klatscht ebenfalls. Sie klatscht wie verrückt.

Kasperl und die Prinzessin verabschieden sich. Jetzt kommen der König und Frau Gelbhaar, die Großmutter und Seppel. Alle vier machen eine tiefe Verbeugung. Der Polizist und der Räuber, der Teufel und das Krokodil verbeugen sich auch. Sie haben zwar nur kleine Rollen gespielt. Aber sie sind doch dabeigewesen. Das war ihnen wichtig. Und den Zuschauern offenbar auch.

Ganz zum Schluß guckt nur noch Katinka aus dem Theater. Zuerst guckt sie ins Publikum. Dann wieder zum Gartenzaun. Mama winkt. Katinka auch. Jetzt drehen sich die anderen um. Der Beifall verklingt. Das Rufen verstummt. Katinka verschwindet.

Hinter der Bühne sagt sie zu Kasperl: »Jetzt hol ich Mama. Kommst du mit?«

Aber Kasperl schüttelt den Kopf. »Das machst du besser allein.«

Katinka verläßt das Theater. Sie stellt sich auf ihre Füße. Geht über die Terrasse. Zwei Stufen hinab. Mitten durchs Publikum. An den Rosen vorbei. Über die Wiese. Quer durch den Garten. Geht bis zum Zaun. Alle blicken ihr nach.

»Herzlichen Glückwunsch zum Geburtstag!« sagt Mama.

Katinka sagt nichts. Wenn man allzuviel sagen will, kriegt man manchmal kein Wort heraus.

Der Gartenzaun ist sehr hoch. Katinka legt beide Hände auf die oberste Holzlatte. Mama legt ihre darüber. Ihre Hände sind kalt, obwohl es so warm ist. Und innendrin sind sie ganz zittrig. Von außen sieht man das nicht.

»Dein Stück hat mir gefallen«, sagt Mama. »Ich bin froh, daß ich rechtzeitig da war. Mein Zug hatte fast eine halbe Stunde Verspätung.«

»So 'n Mist!« murmelt Katinka. Das war kein Wort, nach dem sie gesucht hat.

Mama lacht und fragt: »Soll ich jetzt reinkommen?«

»Na klar«, sagt Katinka, »ich mach dir auf.«

Sie laufen beide am Zaun entlang, Katinka drinnen und Mama draußen. Am Gartentor bleiben sie stehen. Katinka läßt Mama herein und nimmt ihre Hand. So gehen sie weiter. Alle gucken ihnen entgegen. Es ist ein Gefühl wie in der Schule, wenn man zu spät kommt.

»O Mann«, sagt Mama leise, »weißt du, was ich jetzt brauchen könnte?«

Katinka weiß es sofort. »Das Kräutlein Traudichwas und das Kräutlein Machmirmut!« Ihr selbst geht es nicht anders. Aber leider gibt es die beiden Kräutlein nur in ihrem Theater. Im wirklichen Leben muß man ohne sie auskommen. Katinka hält Mamas Hand fester. Das hilft ihnen beiden.

Papa kommt auf sie zu. »Na, so eine Überraschung!« sagt er. Man weiß nicht recht, ob er sich freut. »Wie wär's mit einer Tasse Kaffee?«

»Ja, gern«, antwortet Mama.

»Es gibt auch noch Kuchen«, erklärt Katinka.

»Selbstverständlich«, sagt Papa, »es gibt auch noch Kuchen.« Mehr sagt er nicht. Tante Eva und Philipps Mutter räumen die Terrasse auf. Da hilft er mit. Die Omama ist nicht zu sehen.

»Sie macht sicher frischen Kaffee«, meint Philipps Mutter.

»Bestimmt!« sagt Papa. »Frischen Kaffee! Ich schaue mal nach.« Schon ist er weg.

Mama sitzt jetzt am Tisch. Katinka lehnt sich an ihre Schulter.

»Kommt spielen, Kinder!« ruft Tante Eva. Sie steht schon mit Philipps Mutter im Garten. Alle freuen sich, daß zwei Erwachsene mitspielen.

Katinka bleibt. Mama zieht sie auf ihren Schoß. »Ich hab dir was mitgebracht«, sagt sie, »dein Geburtstagsgeschenk.« Sie nimmt ihre Schultertasche und holt ein Päckchen heraus. Es ist lang und schmal, in weißes Papier gewickelt und mit einer roten Schleife verschnürt.

Katinka packt aus. Papier und Schleife fallen zu Boden. Zum Vorschein kommt eine flache Schachtel.

»Mach auf!« sagt Mama.

Der Deckel hebt sich. Darunter liegt auf dunklem Samt eine helle Flöte, matt glänzend wie Seide. Wie hat Mama gewußt, daß sich Katinka eine Flöte, genau diese Flöte, gewünscht hat?

»Als ich so alt war wie du, hab ich mir auch eine gewünscht«, sagt Mama. »Gefällt sie dir?«

Katinka nickt und streichelt das glatte Holz mit den Fingerspitzen. Oh, wie wunderbar fühlt es sich an!

Mama lächelt. »Ich könnte dir zeigen, wie man sie spielt. Ich kann es ganz gut. Ich spiele in einem Orchester.«

Katinka staunt. »Im Theater?« Sie weiß so wenig von Mama.

»Ja, auch im Theater.«

»Wann zeigst du es mir? Jetzt gleich?«

»Nein, später«, sagt Mama. »Ich muß erst mit Papa sprechen. Ich wohne bald wieder hier in der Stadt.«

»Bei uns?« Katinka ist ganz überwältigt.

»Nein, das nicht. Aber du könntest mich oft besuchen, wenn Papa es will.«

»*Ich* will!« sagt Katinka. »Papa muß auch wollen!« Sie rutscht von Mamas Schoß. Wo bleibt Papa so lange? Dann fällt ihr die Omama ein. Was ist, wenn die Omama nein sagt? Geht Mama dann weg? Und kommt nie mehr wieder?

Das darf nicht geschehen! Katinka will sofort mit Papa und der Omama reden.

»Warte!« sagt Mama. »Ich geh mal gucken, wo Papa bleibt.«

»Bestimmt bei der Omama, in der Küche.«

»Ja«, nickt Mama, »ich weiß.«

Katinka will mit, aber Mama läßt es nicht zu. »Geh spielen!« sagt sie. »Ich mach so schnell, wie es geht.« Mit leichten Schritten läuft sie ins Haus.

Katinka setzt sich, die Flöte fest in der Hand.

»Komm doch!« ruft Philipp. Aber sie schüttelt den Kopf.

Das Lied der Flöte

Katinka wartet. Was soll sie sonst tun? Drinnen im Haus redet Mama mit Papa und der Omama. Sicher reden sie alle drei. Und nicht nur über die Flöte. Man hat viel zu reden, wenn man sich so lange nicht gesehen hat. Wahrscheinlich reden sie auch über Sachen von früher. Sachen von großen Leuten. Sachen, von denen Katinka nichts weiß und nichts wissen soll. Nicht einmal Mama will, daß sie zuhört.

Nach einer Weile hebt Katinka die Flöte an die Lippen und bläst vorsichtig hinein. Ein hoher Ton kommt heraus. Nicht schön, sondern seltsam verschwommen. Die Flöte kennt noch kein Lied. Sie muß erst eins lernen. Genau wie Katinka.

Die anderen spielen »Die Reise nach Jerusalem«. Stefan scheidet als erster aus. Dann Isabell. Und dann Lena. Die Reise nach Jerusalem ist sehr lang. Sie nimmt überhaupt kein Ende. Vor allem, wenn man nicht mitreist.

Katinka wartet. Tante Eva und Philipps Mutter sehen manchmal herüber. Aber sie sagen nicht, daß sie mitspielen soll.

Und dann geht endlich die Tür auf! Die Omama kommt als erste heraus. Sie trägt ein Tablett. Hinter ihr ist Papa. Er schleppt einen Kasten Limo. Zum Schluß erscheint Mama. Sie hat nichts in der Hand. Sie kommt nur und lächelt.

Papa stellt den Kasten in die Ecke und setzt sich neben Katinka. Mama und die Omama setzen sich auch.

»Zeig mal die Flöte!« sagt Papa. »Hast du sie schon ausprobiert?«

Katinka nickt. »Ja, aber ich kann noch nicht spielen. Ich muß es erst lernen.«

»Natürlich!« sagt Papa. »Natürlich mußt du es lernen.«

»Ich will es bei Mama lernen!«

»Das wird sich schon einrichten lassen.« Papa gibt ihr die Flöte zurück. »Ich freue mich, wenn du es lernen willst. Die Omama freut sich auch.«

Katinka wirft der Omama einen forschenden Blick zu. Wirklich? Freut sie sich auch?

»Wenn du was lernen willst«, sagt die Omama, »hab ich noch nie was dagegen gehabt. Das weißt du wohl. Nur die Schule darf nicht drunter leiden.« Sie nimmt Mamas Tasse und gießt Kaffee ein. Dann schiebt sie den Kuchenteller über den Tisch. Die Johannisbeertorte ist leider schon alle.

»Ich will auch ein Stück«, sagt Katinka. Mit einem Mal hat sie Hunger.

»Katinka!« ruft Philipp. »Kommst du immer noch nicht?«

»Ja, gleich!« ruft sie zurück. »Nur noch was essen!«

Philipp breitet die Arme aus und segelt in Schlangenlinien über den Weg. »Brrrrr«, macht er dabei. Wahrscheinlich ist er ein Flugzeug. Jetzt landet er vor Katinka.

»Ich schenk dir was«, sagt er und gibt ihr schnell einen Kuß links auf die Schläfe. Brrrrr, segelt er wieder davon.

»Das war aber lieb«, meint Mama. »War das Philipp? Philipp aus deinem Theaterstück?«

Katinka nickt. »Ja, Seppel hat ihn gespielt.«

»Seppel war wunderbar. Alle waren wunderbar. Kasperl fand ich am besten.«

Oh, Kasperl! Katinka kriegt einen Schreck. Seit Mama da ist, hat sie sich nicht mehr um Kasperl gekümmert. Hoffentlich ist er nicht böse!

»Ob er mir mal guten Tag sagt?« fragt Mama.

»Bestimmt!« Suchend schaut sich Katinka um. Jemand hat das Theater in die Ecke gestellt und die Puppenkiste dahinter geschoben. »Ich hol ihn dir gleich.«

Kasperl schaut ihr mit blanken Augen entgegen. Nein, böse ist er nicht. Er brennt darauf, Mama zu begrüßen.

»Hallo, Kasperl«, sagt Mama, »du hast wirklich toll gespielt.«

Kasperl grinst. »Man tut, was man kann.«

»Ich bin froh, daß du Katinkas Freund bist.« Mama nimmt seine Hand. »Ich glaube, ich muß mich bei dir bedanken. Ich weiß nur nicht, wie.«

»Ich schon!« sagt Kasperl. »Spiel doch mal was auf der Flöte!«

»Au ja!« ruft Katinka. »Das ist eine gute Idee.«

Mama zögert. Papa und die Omama sehen sich an. Papa nickt. Und die Omama sagt: »Na, warum nicht?«

Da nimmt Mama die Flöte und spielt. Jetzt kennt die Flöte ihr Lied. Es klingt wie ein Vogellied, ein Sommerlied und ein Geburtstagslied. Ja, so muß es klingen! So ganz allein.

Mama spielt. Die anderen hören zu. Die am Tisch. Die im Garten. Und die in der Puppenkiste.

Vorhang zu! Die Geschichte ist aus.

Ingrid Uebe, in Essen geboren, lebt heute in Köln. Sie schreibt seit vielen Jahren erfolgreich Kinder- und Jugendbücher. Daneben arbeitet sie nach wie vor als Journalistin in dem Beruf, den sie gelernt hat. Ingrid Uebe liebt schüchterne kleine Mädchen wie Katinka (vielleicht weil sie selbst mal eins war) und bewundert ruppige Burschen wie Kasperl, die ganz selbstverständlich ihre Meinung sagen. Sie wünscht allen schüchternen Mädchen (übrigens auch allen schüchternen kleinen Jungen) so einen ruppigen Freund, der ihnen beim Mutigwerden hilft.

Bei Thienemann bereits erschienen:

Teddy Langohr
Olf
Warten aufs Christkind

Die Deutsche Bibliothek – CIP-Einheitsaufnahme

Uebe, Ingrid:
Kasperl und Katinka / Ingrid Uebe. –
Stuttgart; Wien: Thienemann, 1996
ISBN 3 522 16913 1

Gesamtausstattung: Anette Bley
Schrift: Garamond
Satz: KCS GmbH in Buchholz
Reproduktionen: Prisma GmbH in Stuttgart
und KCS GmbH in Buchholz
Druck und Bindung: Friedrich Pustet in Regensburg

5 4 3 2 1   96 97 98 99